St. Moritz einfach

ISBN: 978-3-906064-30-7

1. Auflage November 2014

www.somedia-buchverlag.ch
info.buchverlag@somedia.ch

Umschlagsmotiv: M. Daester: Frau mit rotem Mantel, ca. 1925, Dokumentationsbibliothek St. Moritz
Gestaltung und Druck: Somedia Production, Chur
Einband: Buchbinderei Burkhardt AG, Mönchaltorf

Hans Peter Danuser

St. Moritz einfach

Erinnerungen ans Champagner-Klima

Der letzte Kurdirektor bilanziert:
«Es gibt nichts, was es in St. Moritz nicht gibt!»

Grusswort des Verlegers

Wir stehen kurz vor der Eröffnung unseres neuen Medienhauses in Chur. Es entsteht auf dem «Rossboden», ein Gelände, das zwischen Chur und Felsberg, dem Heimatort von Hans Peter Danuser von Platen, liegt. Unser Ziel ist es, eines der modernsten Medienhäuser der Schweiz zu errichten, um die Voraussetzungen für einen fliessenden Übergang der unterschiedlichsten Medien zu schaffen. Diese erstrebte Medienkonvergenz beinhaltet ein netzwerkartiges Zusammenarbeiten von Zeitung, Radio, Fernsehen, Onlinemedien und Buchverlag.

Als Hans Peter Danuser mit seiner Buchidee zu mir kam, erkannte ich dies als Glücksfall. Zum einen kennen wir uns seit Jahrzehnten, haben viele Projekte zusammen gestemmt und sind uns freundschaftlich sehr verbunden. Dass sein Buch in unserem Somedia Buchverlag erscheinen könnte, gefiel mir deshalb von Anfang an.
Nun ist Hans Peter Danuser auch immer wieder für Überraschungen gut und denkt sehr vernetzt. Er schlug mir vor, das Buch um sogenannte «Quick Response Codes» zu bereichern, also Filme, Fotos und Dokumente dank dieser Zeichen zu integrieren, sodass der interessierte Leser nicht nur die gedruckten Seiten in der Hand hält, sondern dank hinterlegten Internetlinks auch bewegte,

Code 1

farbige Bilder zu sehen bekommt. Dass er damit genau ins Schwarze unserer angestrebten Medienkonvergenz traf, war genial und ist typisch für ihn.
So bin ich stolz, dass wir zur Eröffnung unseres Medienhauses ein Buch verlegen können, das beispielhaft unsere heutigen publizistischen Möglichkeiten aufzeigt. Soweit mir bekannt, ist unser Verlagshaus das erste in der Schweiz, das diesen Schritt geht.

Und der Zeitpunkt, den vorliegenden Text zu veröffentlichen, könnte günstiger nicht sein. So feiert St. Moritz im Winter 2014/15 das grosse Jubiläum «150 Jahre alpiner Wintertourismus». Hans Peter Danuser war selbst 30 Jahre als Kurdirektor von St. Moritz an der Front und hat wesentlich zu dessen weltweitem, touristischem Erfolg beigetragen. Er gehört mit Peter Kaspar, seinem Vorgänger, zu den bedeutendsten Kurdirektoren der Alpen. Dass er seine Erinnerungen an seine Amtszeit, an seine Jugend und die Zeit bis heute schriftlich festgehalten hat, ist ein echter Gewinn. «St. Moritz einfach» ist ein Stück wichtige Geschichte des bedeutendsten Kurorts unseres Kantons, einem Leuchtturm in der touristischen Welt.

Hanspeter Lebrument

Für Amelie-Claire

«Der eine wartet, dass die Zeit sich wandelt,
der andere packt sie an und handelt.»
Dante Alighieri

Inhalt

Vorwort

von Samih Sawiris, ägyptischer Investor

Im Leben lernt man viele Menschen kennen. Aber nur wenige bleiben einem schon nach der ersten Begegnung unvergesslich in Erinnerung. Nämlich jene, die über besondere Ausstrahlungskraft verfügen und eine positive Energie aussenden. Einer von ihnen ist Hans Peter Danuser.

Der Autor dieses Buchs war als CEO/Kurdirektor des Kur- und Verkehrsvereins unvergleichlich erfolgreich. Und das mit äusserst geringen finanziellen Mitteln! Hans Peter Danuser baute St. Moritz zur globalen Marke auf, er schuf neuartige Sport-Events und rief nachhaltige Projekte ins Leben. Es gelang ihm auf eindrückliche Weise, St. Moritz und das Engadin mit stichhaltigen Argumenten zu «verkaufen» – aber ebenso überzeugte er mit seiner wunderbaren Ausstrahlung, der Liebe zum Bündnerland und zu den Menschen. Mit seiner Offenheit ist der promovierte Ökonom ständig neue Wege gegangen. Wege, die es ihm ermöglichten, St. Moritz in der ganzen Welt ein sympathisches Gesicht zu geben. Kein Wunder, heimste er dafür zahlreiche Preise ein.

Code 2

Zu Hans Peter Danusers gewinnendem Wesen gehört seine Grosszügigkeit. Als wir uns vor einigen Jahren bei einer Veranstaltung in Zürich kennenlernten, meinte eine Fernsehreporterin, wir sollten uns doch vor der Kamera im Armdrücken messen – quasi Andermatt gegen St. Moritz. Wir sagten beide zu, und Hans Peter liess mich, den Newcomer in der Schweiz, vor laufender Kamera gewinnen. Auch das zeichnet Hans Peter Danuser aus: Nicht das Siegen bereitet ihm die grösste Freude, sondern andere am Erfolg teilhaben zu lassen. Das ist ein Zeichen grösster Souveränität! Ich werde es nie vergessen.

Zufriedenheit und Freude am Leben halten einen jung. Hans Peter Danuser ist deshalb einer der jüngsten Menschen, die ich kenne. Seine Liebe zu den Bergen, zu seiner Region, zu seinem St. Moritz versprüht er wie Funken auf sein Gegenüber, sodass man sich sofort und ohne Mühe selbst in diese Region verliebt.

Ich freue mich, dass Hans Peter Danuser uns alle mit diesem Buch an seinem spannenden Leben teilnehmen lässt. Es ist gespickt mit unzähligen interessanten und freudigen Gegebenheiten.

Die Lektüre ist ein Gewinn!

Samih Sawiris

Prolog

Die Schweiz, St. Moritz, Davos und andere Orte feiern im Winter 2014/15 das Jubiläum «150 Jahre alpiner Wintertourismus». Ich selbst habe gut 30 Jahre dieser Zeit, von 1978 bis 2008, als Kurdirektor von St. Moritz miterlebt: im Brennpunkt des Geschehens mit Gästen und Einheimischen im Engadin, aber auch draussen in der ganzen Welt.
Darüber berichtet dieses Buch. Aber nicht als Chronik, sondern in Form von Geschichten, wie ich sie erlebt habe. Das Buch will unterhalten, amüsieren, Anekdoten und Episoden erzählen, hinter die Kulissen schauen, Zusammenhänge zeigen und vom Leben schwärmen. Was für ein Privileg ist es doch, in dieser Zeit und in einem Land wie der Schweiz zu leben!
Basis meiner Geschichten sind nicht nur meine Erinnerungen. Mir stand umfangreiches Material zur Verfügung, wie etwa Tagebuchnotizen, Briefe und Dokumente, darunter Zeitungsausschnitte, Fotos, Reiseunterlagen, die ich seit meiner Konfirmation 1963 sammle und bis heute in etwa 80 Bundesordnern aufbewahre.
Weitere Quellen sind die gut 3000 Kolumnen, die ich während 25 Jahren von 1983 bis 2008 in praktisch jeder Ausgabe der «Engadiner Post» unter der Rubrik «Neues vom Kurverein» dreimal die Woche veröffentlichte und die beim dortigen Verlag sowie in der Dokumentationsbibliothek St. Moritz archiviert sind. Dazu kommen die Kolumnen im Tourismus-

forum vom «Bündner Tagblatt» seit 1998, sowie die wöchentlichen Blogs auf suedostschweiz.ch seit Oktober 2010 – mit mittlerweile über einer Million Lesern.

Meine beruflichen Aktivitäten mit allen Reisen, Präsentationen, Vorträgen, Berichten und Sitzungen von 1978 bis 2008 sind in den rund 300 «Kurvereins-Bulletins» aufgezeichnet, die ebenfalls in der Dokumentationsbibliothek einsehbar sind.

So viel Quellenmaterial mag für Studenten und Forscher lustig sein – ich will mich auf die Rosinen konzentrieren. Der folgende Text ist – aus meiner Sicht – wahr, aber weder wissenschaftlich, noch vollständig. Die Auswahl der Inhalte folgt den Kriterien des Unterhaltungswerts sowie des öffentlichen Interesses und ist entsprechend subjektiv.

Noch ein Wort zum Aufbau dieses Buchs: Teil I – Die Zeit zuvor – und Teil III – Die Zeit danach – beinhalten die Vor- und Nachgeschichte meiner aktiven Zeit als Kurdirektor. Beide sind biografischer Natur und dadurch in chronologischer Abfolge. Teil II – St. Moritz und die Welt – enthält 30 in sich abgeschlossene Geschichten aus den 30 Direktionsjahren. Sie beziehen sich zum Teil aufeinander und sind zuweilen im Kontext meiner Kindheit und Jugend besser zu verstehen. Denn meine Heimat, das Churer Rheintal, ist eine komplett andere Welt als die von St. Moritz und des Engadins.

Hans Peter Danuser von Platen
St. Moritz, im Juli 2014

Teil I

Die Zeit zuvor

Silvester 1995 in St. Moritz. Leichter Schneefall, minus acht Grad Celsius. Auf der Plazza Murezzan bläst das Alphorn-Ensemble Engiadina St. Moritz um vier Uhr nachmittags sein traditionelles Altjahrkonzert. Der wogende Strom der Flaneure auf der Via Maistra, die am Platz vorbeiführt, wird langsamer und füllt bald den ganzen Raum vor der Chesa Cumünela, dem Gemeindehaus.

Es sind Gäste aus aller Welt anwesend, gut eingepackt in Pelz und Loden, die das romantische Ambiente bei Schneeflocken und Weihnachtsbeleuchtung geniessen. Sie staunen über die langen Hörner dieser fünf einheimischen Bläser in ihren sportlichen Bogner-Skianzügen. Und diese ruhige, archaische Musik! Echt, authentisch, «absolutely relaxing»! Applaus, Applaus!

Nach dem Konzert offeriert der Kurverein den Musikern ein Gläschen Weisswein. Dann verabschieden sie sich bis ins nächste Jahr. Jeder hat bis dahin noch einiges zu erledigen: Die beiden Polizeichefs, ein Bauunternehmer, ein Wirt und ich, der Kurdirektor.

St. Moritz ist ausgebucht. 15 000 bis 20 000 Personen werden an diesem Abend in St. Moritz das neue Jahr begrüssen. 5000 Einwohner leben hier übers Jahr. Das Oberengadin zählt an diesen Tagen sogar gut 100 000 Menschen, etwa gleich viel wie die Stadt Winterthur, die sechstgrösste Stadt der Schweiz, nur dass sie nicht auf 1800 m ü. M. liegt! Die Einheimischen haben über die Festtage alle Hände voll zu tun.

Ich schaue noch rasch die Post durch und bereite dann zu Hause die verschiedenen Kleider für den Silvesterabend vor:

Smoking für den Cocktail im Palace-Turm, legeres Outfit für die anschliessende Raclette-Runde im alten Hühnerstall neben unserem Haus, warme Kleidung für den Champagnerempfang auf unserer Terrasse um Mitternacht. Ich bin parat.
Um 18.30 Uhr ruft mich der deutsche Verleger Prof. Dr. Hubert Burda an. Er ist verzweifelt, weil infolge schweren Schneefalls die Pässe geschlossen wurden, und die engagierte Band für seine Silvesterparty in Thusis festsitzt. Dabei stehen auf seiner Gästeliste wichtige Wirtschaftspersönlichkeiten aus Deutschland und Italien: die Agnellis, De Benedettis, Bogners, Langenscheidts, Oetkers und andere. Das Einzige, was ich so kurzfristig im eingeschlossenen Tal als Ersatz organisieren kann, sind möglicherweise die Alphornbläser, die jetzt überall verteilt sind.
Es klappt: Um 20 Uhr spielen wir im Schneegestöber bei Burdas am See zum Empfang der Gäste auf. Der Hausherr tanzt mit seiner Frau Maria Furtwängler, Ärztin und Fernsehstar, zum Talkirchdorfer Walzer im Neuschnee! Das Konzert kommt bei den Gästen so gut an, dass Hubert Burda uns in den zwei Folgejahren wieder engagiert.
Dank Vierradantrieb schaffe ich es den Berg hinauf wieder nach Hause, stürze mich in den Smoking und los geht es mit meiner Frau in langer Abendrobe in den Turm von Badrutt's Palace Hotel, wo der Schweizer Verleger Jürg Marquard zum traditionellen Silvestercocktail lädt. Und da sind sie alle zusammen: die Schönen, die Reichen, Blut- und Geldadel. Ich treffe einige Newcomer und treue St. Moritz-Botschafter:

John Schnell, Prominenten-Zahnarzt aus Zürich, Hans «Hausi» Leutenegger, Unternehmer, Bob-Weltmeister und Schauspieler, Ljuba Manz, die rassige Chefin der Privacy Hotels, die Tanners von der Lindt (Schokolade), die Ueltschis von der Bernina (Nähmaschine), Rolf Sachs, der Künstler und Jazzkönig vom Dracula Club, Hugo Ivo Rütimann, der reitende Figaro von der Val Roseg, um nur einige zu nennen.
Nach kurzem Defilee durch Jürgs Turmgemächer geht es wieder nach Hause. Umziehen und ab in unsere rustikale Hütte, einem ehemaligen Hühnerstall, wo wir mit Familie und Freunden in gemütlicher Runde das Jahr ausklingen lassen.
Gegen Mitternacht treffen wir auf unserem grossen Balkon mit Nachbarn und Freundesfreunden zusammen. Hier stossen wir an und bewundern das Feuerwerk über Dorf und See. Um 24 Uhr läuten die Glocken der St. Moritzer Dorfkirche das neue Jahr ein. Nach der ersten Prost- und Glückwunschwelle trägt mich das Kirchengeläut in Gedanken nach Felsberg, wo die Glocken und ich herkommen, und wo ich die Silvesternacht jeweils ganz anders erlebt habe als im mondänen St. Moritz. Mit dem Bürgerchor zogen wir von Platz zu Platz und sangen alte Lieder, zu denen selbst gemachter Röteli offeriert wurde. Nie hätte ich damals nur im Traum daran gedacht, dass ich einmal in der Hochburg des internationalen Jetsets ein so vielseitiges und aufregendes Leben führen würde.

Felsberg am Calanda – «Zwischen St. Moritz und Zürich»

Früher gab es im Altdorf von Felsberg die Glockengiesserei Theus und im Neudorf die Orgelmanufaktur Metzler, die ihre Produkte auch über die Kantonsgrenze hinaus verkauften. In der Dorfkirche von St. Moritz zum Beispiel stammen sowohl Glocken wie Orgel aus Felsberg. Als während längerer Zeit auch der Gemeindeschreiber und der Kurdirektor zufällig aus Felsberg stammten, hiess es rasch am Stammtisch: «Alles, was in St. Moritz Lärm macht, kommt aus Felsberg!»

Felsberg liegt etwas westlich von Chur zwischen Rhein und dem Calandamassiv im Kanton Graubünden. Dem Calanda verdankt das Dorf seinen Namen, poltert dessen Fels doch seit Menschengedenken vom Berg auf Wald, Wiesen und Gebäude hinunter. Als Folge des grossen Bergsturzes von 1843 gibt es heute neben dem etwas erhöhten Altdorf am Bergfuss östlich davon ein weniger gefährdetes Neudorf in der Ebene.

Seit einiger Zeit sorgt der Calanda für Schlagzeilen, weil in seinen Wäldern nach etwa 150 Jahren das erste Wolfsrudel der Schweiz lebt und wächst. Calanda heisst auch das populäre Bier aus Chur, und Calanda nennen mich meine Verbindungskollegen der Uni St. Gallen – eher des Bergs als des Biers wegen.

Am Calanda oberhalb von Felsberg wurde auch schon Gold gefunden, und unten vis-à-vis Domat/Ems wächst «guter

Wein am Alpenrhein»: «Goldene Sonne», ein trockener Riesling-Silvaner, sowie ein süffiger «Glockengiesser»-Blauburgunder.

Wirtschaftlich ist Felsberg stark auf die Kantonshauptstadt Chur ausgerichtet, wo die meisten erwerbstätigen Felsberger ihrer Arbeit nachgehen. Hier sind ebenfalls die höheren Ausbildungs- und Lehrstätten, die die Felsberger Dorfjugend frequentiert. Ein grösserer Arbeitgeber ist auch die Ems-Chemie der bekannten Zürcher Familie Blocher, die auf der anderen Seite des Rheins zwischen Domat/Ems und Reichenau steht.

Ebenfalls auf der Südseite des Rheins verlaufen die A13, die Autobahn durch den San-Bernardino-Tunnel in den Süden, die Kantonsstrasse und die Rhätische Bahn. Die Brücke über den Rhein ist für Felsberg die physische Verbindung zur Aussenwelt – mit entsprechender Bedeutung.

Obwohl Felsberg in den 1950er- und 60er-Jahren nur knapp 1000 Einwohner zählte – heute sind es etwa doppelt so viele –, pflegte es eine vielfältige Dorfkultur mit Turnverein, Musikgesellschaft und Chören. Seit bald 30 Jahren hat der Ort mit Alfred Schneller einen Chronisten, der das Dorfgeschehen akribisch festhält, kommentiert und jährlich veröffentlicht.

Die älteren Familien Felsbergs sind zumeist walserisch-alemannischer Herkunft, sprechen Deutschschweizer Dialekt und sind reformiert – während das benachbarte Domat/Ems jenseits des Rheins romanisch spricht und katholisch ist.

Zwischen Felsberg und Domat/Ems gibt es seit jeher eine gewisse Rivalität. Die Emser Bauern machten sich früher einen Spass daraus, ihre Felder auf Felsberger Gebiet am Karfreitag zu güllen und zu misten. Die Felsberger revanchierten sich in Ems analog jeweils an Fronleichnam. Trotz der gegenseitigen Animositäten der beiden Dörfer kaufte mein Vater zwei Emser Maiensässe mit Wald und Weiden, was ihn seinen Nachbarn jenseits des Rheins mit den Jahren etwas näherbrachte.
Felsberg ist in der Schweiz bekannt durch die Familie Schlumpf mit der aktuellen Bundesrätin Eveline Widmer-Schlumpf und ihrem Vater, dem verstorbenen Bundesrat Leon Schlumpf.

Die Familie meines Vaters wohnte in einem Bauernhaus nahe der damals neuen Rheinbrücke im Neudorf. Der Grossvater war Förster und Bauer, seine Frau zog im Garten Gemüse, das sie mit anderen Felsbergerinnen auf dem Markt in Chur verkaufte. Ihre Wagen waren oft so schwer beladen, dass die Knaben den Müttern beim Schieben der Gefährte über die Brücke und die erste Steigung hinauf Richtung Chur helfen mussten. Die Felsberger Gemüsefrauen gehörten damals zum Churer Strassen- und Stadtbild.
Mein Vater machte eine Lehre, arbeitete in den 1930er-Jahren als Hausmechaniker in den Davoser Hotels Schweizerhof und Schatzalp, später in der Bierbrauerei Chur.
Ende der 1950er-Jahre machte er sich mit einer Baumschule für Lärchennachzucht in Felsberg selbstständig. Basierend

auf Beobachtungen und Experimenten seines Vaters, hatte er ein spezielles Saat- und Belichtungsverfahren für junge Lärchen entwickelt, das deren Wachstumszeit bis zur Transportfähigkeit halbierte. Das und die Qualität seiner Setzlinge sorgten bei den Schweizer Förstern für Aufsehen und starke Nachfrage, insbesondere in den Kantonen Graubünden, Wallis und Tessin. In guten Jahren lieferte er eine halbe Million 17-monatiger Setzlinge aus.

Nach dem Krieg hatte er meine Mutter Trudi Bührer geheiratet. Sie stammte aus Lohn bei Schaffhausen, nahe der Grenze zu Deutschland. Nach einer kaufmännischen Lehre in Zürich arbeitete sie beim Kinderheim «Gott hilft!» im Haus der alten Glockengiesserei in Felsberg. Dass sie als «Auswärtige von so weit her» einen Einheimischen heiratete, kam damals in Felsberg schlecht an. Es dauerte Jahre, bis sie im Dorf akzeptiert wurde.

Kuhhirt und Schüler

In Felsberg wuchs ich mit meinen beiden jüngeren Schwestern auf und besuchte die Primarschule. Die Sommerferien dauerten damals etwa vier Monate – schön für die Schüler, mühsam für die Eltern, die tagsüber hart arbeiteten und wenig Zeit für rumhängende Kinder hatten. Also suchten uns die Mütter – meist über die Pfarrämter – Jobs als Hirten- und Aushilfsbuben bei Bergbauern. So arbeitete ich zwei Sommer bei der Familie Lerchi in Scheia oberhalb von Fidaz und Flims, direkt unter dem gigantischen Flimserstein, sowie zwei weitere Sommer bei den Stoffels in Camanaboda im hinteren Safiental. Ich war beide Male gut aufgehoben, litt aber anfangs schrecklich an Heimweh. Dafür lernte ich das Leben der Bauern eins zu eins kennen und gerade als Ziegen- und Rinderhirte auch Verantwortung zu übernehmen – bei jedem Wetter. Frühmorgens und abends musste ich melken, zweimal die Woche Butter machen, alle paar Wochen auch käsen, wobei hierzu der Bauer jeweils zu mir auf die Alp hinaufkam, die ich zumeist alleine bewohnte. Auch wenn die meisten Tätigkeiten simpel waren, alle fanden in engstem Kontakt mit der Natur statt und prägten mich so fürs Leben.

Den letzten Sommer vor dem Gymnasium wollte ich nicht bei den Bauern, sondern in einer Konditorei arbeiten, da ich Süssigkeiten überaus mochte und diesbezüglich auf der Alp etwas zu kurz gekommen war. Also platzierte mich meine Mutter – wiederum über das Kontaktnetz unseres Pfarrers – als Bote und «Mädchen für alles» im Tea Room des Hotels Bellevue in Wildhaus im Toggenburg. Jene vier Monate waren rundum grossartig. Ich erhielt ein altes Militärvelo mit Rücktrittbremse, holte jeweils das Personalessen vom Hotel Acker ab und lieferte Torten aus bis zum Grabserberg. Ging ein Kuchen infolge eines Sturzes kaputt, durfte ich ihn am Abend selbst essen.

Im Betrieb arbeiteten etwa 15 Serviertöchter, Büro- und Zimmermädchen, die mich Zwölfjährigen immer wieder neckten, verwöhnten, bemutterten und – aus heutiger Sicht

– auch etwas aufklärten. Da das Essen aus dem Hotel Acker nicht immer gut ankam, versorgte ich meine Kolleginnen regelmässig mit frischen Forellen aus dem nahen Bergbach. Ich fing sie mit der Hand und liess sie in den Zubern der Waschküche schwimmen. Als Gegenleistung lieferten mir die Ladentöchter die unverkauften Süssigkeiten täglich zum Abendessen. Seither habe ich Wildhaus als eine Art Paradies in Erinnerung.

Die Zeit am Gymnasium der Bündner Kantonsschule in Chur brachte mir den Ernst des Lebens dann wesentlich näher. Bereits die Aufnahmeprüfung war für den Musterschüler aus Felsberg gar kein Spass. Der Stundenplan war ungleich dichter als früher, die Mitschüler kamen aus dem ganzen Kanton.

Pfadfinder und Griechenland 1963

Zusammen mit meinem Cousin Stefan Bühler gründete ich in Felsberg eine Pfadfindergruppe, die uns samstags und während der verschiedenen Zeltlagern den Schulalltag vergessen liess. So konnte ich den Kontakt zu Felsberg und der Natur aufrechterhalten (Abb. 1).
Die vier Pfadfinderjahre gipfelten 1963 in meiner Teilnahme am 11. World Jamboree, einem grossen Pfadfinderlager in Marathon Beach in Griechenland, wo ich erstmals das Meer sah und genoss. Ich führte das Fähnchen der zehn Pfadfinder

aus Graubünden und Glarus, mit denen zusammen ich erstmals die «grosse Welt» erlebte: Etwa 8000 Jugendliche von 27 Ländern und aus allen Kontinenten hatten sich für das Lager zusammengefunden.
Es war die Zeit von Theodorakis, Melanie Mercouri und dem griechischen (Segler- und Pfadfinder-)König Constantin von Griechenland.
Im Jamboree merkte ich rasch, wie klein die Schweiz und wie unbekannt die für mich bedeutende Stadt Chur war. Von Felsberg hatte erst recht keiner eine Ahnung, und meine Übersetzung als «Rocky Mountain of Switzerland» half auch nicht weiter. Also lokalisierte ich mich fortan und noch viele Jahre als «from in between St. Moritz and Zurich», was zumeist verstanden wird.
Die Teilnahme am Jamboree ermöglichten mir meine Eltern aufgrund einer Vereinbarung, die sie mir einige Jahre zuvor vorgeschlagen hatten: Wenn ich bis zum 16. Geburtstag keinen Alkohol und keine Zigaretten konsumiere, würden sie mir eine schöne Reise spendieren. Griechenland hat mir dann so gut gefallen, dass ich die Vereinbarung bis über das Alter von 20 hinaus verlängerte. Zu rauchen habe ich tatsächlich nie angefangen. Noch heute bin ich meinen Eltern für diese Abmachung sehr dankbar.
Die «Neue Bündner Zeitung», die Lieblingszeitung meines Vaters, veröffentlichte meinen Bericht über das World Jamboree in mehreren Folgen. Später hat sie auch meinen preisgekrönten Aufsatz für den Schultag 1966 des Europarats publiziert. Durch diese ersten journalistischen Erfahrungen

und die tägliche Zeitungslektüre habe ich die Medien kennengelernt und mich mit ihnen vertraut gemacht. Mit Bewunderung verfolgte ich den Werdegang des Redakteurs, Chefredakteurs und heutigen Verlegers Hanspeter Lebrument, mit dem mich eine langjährige Freundschaft verbindet. Entsprechend gross ist meine Freude, dass dieses Buch in seinem Somedia Buchverlag erscheint, dessen neuer Hauptsitz auf dem Rossboden exakt zwischen Felsberg und Chur liegt.

Zwischen Christoph Blocher und Eveline Schlumpf

Die Sommerferien an der Kantonsschule dauerten nur noch zwei Monate. Um mein Schulfranzösisch aufzubessern, organisierte meine Mutter für mich eine Landdienststelle auf einem Bauernhof im Waadtland. Das war nach meiner Erfahrung bei den Bergbauern in Scheia und Safien ein deutlicher Kulturschock. Die Felder waren hier riesig, der Maschinenpark ebenfalls. Aber wieder war die Bauernfamilie gastfreundlich und verständnisvoll.

Neben mir als Landdienstler gab es noch einen Knecht aus Zürich, der die Lehre als Bauer absolviert hatte und hier hart schaffte – ein richtiges Arbeitstier! Wir hatten rasch guten Kontakt miteinander und auch zu einem hübschen Mädchen aus der Nachbarschaft, das wir zuweilen am Feierabend trafen. Später zog es sich dann salomonisch und ele-

gant aus der Zwickmühle, indem es uns mitteilte, der Knecht sei ihr etwas zu alt, und ich klar zu jung.
Der Zürcher hatte das bekannte Mundwerk seiner Landsleute und schwang in unseren Diskussionen meist obenaus. Er legte sein ganzes Geld zur Seite, damit er an der Minerva-Schule in Zürich seine Matura nachholen konnte, um später zu studieren.
Wenn wir beide als typische Deutschschweizer beim Frühstück jeweils Brot mit Konfitüre und Käse assen, schaute der Patron zu uns rüber, schüttelte seinen Kopf und meinte: «Aus euch beiden wird sicher nie etwas!» Gott sei Dank irrte er sich. Sein damaliger Knecht war nämlich Christoph Blocher, der später Milliardär und Bundesrat wurde, und ich schaffte es immerhin zum Kurdirektor.
Als Christoph in den folgenden Jahrzehnten als Politiker und Unternehmer für Schlagzeilen sorgte, verfolgte ich seine erstaunliche Laufbahn mit grossem Interesse. Wir trafen und treffen uns auch immer mal wieder im Engadin, nicht zuletzt mit meinen Lunch- und Alphornfreunden, die ihm zum Teil auch politisch nahestehen.
Und wer hätte damals gedacht, was für eine unglaubliche Karriere diesem Bauernknecht gelingen würde: wirtschaftlich als Unternehmer, politisch als Bundesrat, vor- und nachher als Nationalrat, der die Schweizerische Volkspartei (SVP) zur stärksten Partei der Schweiz machte, und der die politische Landschaft und Kultur des Landes buchstäblich umpflügte.

Wer hätte geahnt, dass dieser Zürcher, der die damaligen Emser Werke und heutige Ems-Chemie übernahm, später einmal mit meiner Felsberger Nachbarin Eveline Schlumpf politisch derart aneinandergeraten würde, dass er als Bundesrat abgewählt und sie an seiner statt gekürt würde. Als direkte Folge davon wurde sie samt der SVP Graubünden aus der Schweizer Mutterpartei verstossen. Sie gründete daraufhin eine eigene Partei, die Bürgerlich-Demokratische Partei (BDP). Diese Parteispaltung prägt seither das politische Leben Graubündens und wirkt sich bis in unsere Alphorngruppe aus, von der ich später berichte.

Expo 1964 und Dachdecken in Davos

Im Sommer 1964 fand in Lausanne die Expo statt, die Schweizer Landesausstellung. Zusammen mit zwei Klassenkameraden aus Tamins verdiente ich bei Waadtländer Bauern wieder etwas Geld, das wir anschliessend während eines zweiwöchigen Campingaufenthalts bei der Expo wieder ausgaben. Drei weitere Reisen nach Lausanne waren fast unvermeidlich: zum Bündnertag als Trompeter mit der Kadettenmusik, eine Reise mit meiner Schulklasse und erneut zur Preisverleihung des Wettbewerbs für den schönsten Totempfahl der Pfadfinder, den unsere Churer Rovergruppe gewonnen hatte.

Die Schule nahm mich nun immer mehr in Anspruch. Im Sommer arbeitete ich auf den Dächern von Davos als Hilfsdachdecker – für fünf Franken die Stunde mit freier Unterkunft und Verpflegung bei der Familie Camastral. Das ermöglichte mir, einen Veloanhänger voll Bücher zu kaufen und so eine eigene Bibliothek anzulegen, sowie eine Autostopp-Reise durch Schweden zu machen. Bis zu zehn Stunden täglich schleppte ich für diesen Lohn auf den Schultern Zürcher Ziegel in Achterbeigen auf die Davoser Dächer (Abb. 4). Damals zahlte ich auch meine ersten Beiträge an die Alters- und Hinterlassenenversicherung (AHV).

Noch ein Wort zum Autostopp. Was heute gefährlich und weitgehend verboten ist, war damals die einzige Möglichkeit, mit wenig Geld die Schweiz und Europa zu bereisen und kennenzulernen. Später schufen die europäischen Eisenbahngesellschaften zu diesem Zweck das Angebot von Interrail für Jugendliche, das es mittlerweile auch für Senioren gibt. Als ich meinen Söhnen Marco und Gian Carlo Mitte der 1990er-Jahre drei Sommer hintereinander die Interrail-Fahrkarten schenkte und mit ihnen zusammen ihre Reisen zwischen Nordkap und Marrakesch, Lissabon und Ankara vorbereitete, wäre ich am liebsten auch mitgefahren. Wir leben heute in einer Welt mit unglaublichen Möglichkeiten. Aber wir müssen diese kennen und etwas daraus machen!

Zurück an der Kantonsschule gründeten wir einen Kinoclub, in dem wir Filmklassiker zeigten von Fellini, Truffaut, Huston und anderen. Mit der Theatergruppe besuchten wir Mani Matter in Bern sowie intensiv das Stadttheater in

Chur. Im Sommer gab es Orientierungsläufe, Schwimmen im Crestasee bei Flims und im Winter Skitage auf dem Stätzerhorn oberhalb von Lenzerheide. Trotz steigendem Leistungsdruck und häufiger Versetzungsangst war die Stimmung in der Klasse und zu den Lehrern gut.
Mit mehreren Schulfreunden pflege ich, teils auch beruflich, den Kontakt bis heute, so mit dem Juristen und Markenanwalt Hans David Meisser aus Klosters, der den Kurverein St. Moritz später beim Markeneintrag des Ortsnamens St. Moritz juristisch beriet und jahrzehntelang begleitete. Auch Josef «Joe» Ackermann gehört dazu, der bei der Schweizer Kreditanstalt und der Deutschen Bank eine brillante Karriere machte und für einige Jahre sogar mein oberster Chef war, als ich in St. Moritz die Deutsche Bank repräsentierte.

Per Autostopp durch Europa

1966 gewann ich bei einem Aufsatzwettbewerb des Europarats einen Preis, der mir je eine Woche Belgien und Holland bescherte. In Brüssel kamen alle Preisträger aus den 13 teilnehmenden Ländern zusammen, etwa zehn aus der Schweiz und insgesamt zweihundert – ein babylonischer Sprachen- und Kulturmix!
Wir erlebten das volle Programm: Tagsüber ging es in zehn blauen Reisebussen kreuz und quer durch Belgien. Wir konnten an Stadtführungen teilnehmen und wurden von den je-

weiligen Bürgermeistern empfangen. Abends war Party. Wir feierten in Anwesenheit des belgischen Unterrichtsministers den 13. Europäischen Schultag mit der Verleihung der Aufsatzpreise und anschliessendem Empfang im Rathaus an der Grand Place.
Für die zweite Woche wurde ich mit einer Zehnergruppe aus neun verschiedenen Nationen vom niederländischen Erziehungsminister für eine Woche nach Holland eingeladen. Wir waren alle privat bei Gastfamilien untergebracht und reisten tagsüber zusammen durch das Land.
Die beiden Wochen waren voller aufregender Erlebnisse und machten aus den jungen Preisträgern ohne jeden Zweifel begeisterte Europäer.
Die Rückfahrkarte nach Felsberg tauschte ich in Rotterdam in ein Flugticket nach London ein und konnte so meinen ersten Flug erleben. Da mein Geld immer knapp und das englische Pfund damals sehr teuer war, versuchte ich nach einer intensiven Besichtigungswoche in London und Südengland, mit Autostopp via Paris und Genf nach Hause zu gelangen. Bei Dover nahm mich Colonel Whitacker in seinem Wagen mit. Er war ein pensionierter Arzt und ehemaliger britischer Sanitätsoberst, der in Italien die Stätten seiner Einsätze im Zweiten Weltkrieg aufsuchen wollte. Der Freund, der ihn begleiten sollte, war krankheitshalber verhindert. Whitacker selbst sprach kein Italienisch und war sich unsicher, ob er die Reise alleine überhaupt fortsetzen sollte. Auf der Fahrt nach Paris löcherte er mich dann mit Fragen über meine Herkunft, Familie, Schule, Sprachkenntnisse und vieles mehr.

Kurz vor der Ankunft in der Hauptstadt fragte er mich schliesslich, ob ich ihn für zwei Wochen als Fahrer und Übersetzer bis nach Sizilien begleiten wolle – gegen Kost und Logis. Ich war perplex und fasziniert von diesem Angebot und überlegte fieberhaft, wie ich das meinen Eltern erklären und «verkaufen» sollte. Schliesslich war für sie schon der Abstecher nach England eine Überraschung gewesen, und mehr lag ohne Rücksprache und Legitimierung nicht drin. Dazu kam, dass ich vor dem letzten Schuljahr stand und die Matura alles andere als gesichert war.

Ich sagte dem Colonel erst einmal bis Genf zu, machte die Weiterreise aber vom Plazet meiner Eltern abhängig, die ich dann aus Genf anrief. Sie erkannten die grossartige Chance ebenfalls und willigten ein, nachdem ich ihnen versprochen hatte, für den Rest der Ferien eine wirklich seriöse und intensive Maturavorbereitung durchzuziehen.

Dann chauffierte ich Oberst Whitaker über Rom und Neapel bis nach Sizilien und zurück ins Wallis, von wo ich dann per Anhalter nach Hause gelangte (Abb. 2). Auf dieser Fahrt habe ich nicht nur mein Englisch und Italienisch verbessert, sondern mit dem Auto auch flüssig fahren gelernt! Die Fahrprüfung hatte ich ja erst kurz vor der Abreise bestanden.

Grenadier und Offizier

Nach knapp bestandener Matura haderte ich zunächst mit der Wahl meines Studienfachs. Früher wollte ich mal Bauer, dann Forstingenieur werden, vielleicht auch Geschichte oder Germanistik studieren. Aber nach der langen Zeit des Sparens, um Bücher zu kaufen, Kinobesuche und vor allem Reisen finanzieren zu können, wollte ich später auch tüchtig Geld verdienen. Mit Blick auf die guten Erfahrungen einiger Freunde vertagte ich meinen Entscheid der Berufswahl und beschloss, vorerst den Militärdienst zu absolvieren.

Anderthalb Jahre am Stück diente ich bei der Gebirgsinfanterie. Das war eine ziemlich harte Zäsur nach den schönen Jahren bei den Eltern in Felsberg. Von Februar bis November 1968 war meine neue «Heimat» bei den harten Jungs der Schweizer Armee in Losone im Tessin. Das war eine komplett andere Welt, die mir aber gut gefiel, auch wenn einige Dinge an die Grenzen des Erträglichen gingen.

Alle Gebirgsgrenadiere erhielten ihre Grundausbildung damals zentral in Losone (heute in Isone). Entsprechend waren meist alle Landessprachen vertreten, weshalb wir in Manövern zum Teil auf Englisch ausweichen mussten, da dies die meisten Kader verstanden. Hier lernten wir, auch unter übelsten Bedingungen, irgendwie zurechtzukommen und allein oder im Verband schwierige Aufträge zu erfüllen. Und dort trank ich mein erstes Bier, als ich am Schluss den Beförderungsentscheid zum Offizier in der Hand hatte.

Ägypten – Israel – Typhusverdacht in Andermatt

Zwischen den einzelnen Schulen und Kursen vom Rekrut bis zum Leutnant sprang ich im Unterland als Stellvertreter für Sekundarschullehrer ein, die ihrerseits ins Militär mussten. Die Schweizer Armee bestand damals – zur Zeit des Kalten Krieges – aus über 600000 Leuten. Rund zehn Prozent der Schweizer Bevölkerung waren Teil der Armee.

Eine dreimonatige Dienstlücke füllte ich 1969 mit einer Tramperreise durch die Länder des östlichen Mittelmeers, inklusive Ägypten und Israel. Hier konnte ich sehr oft und praktisch brauchen, was ich im Militär gelernt hatte. So durchquerte ich mit einem israelischen Oberst per Autostopp die Wüste Negev. Da nachts in Eilat – zwei Jahre nach dem Sechstagekrieg – Ausgangssperre herrschte, lud mich der Oberst in die Kaserne ein, wo er mich seinen Kameraden vorstellte. Praktisch alle hatten im jüngsten Krieg aktiv gekämpft und waren für mich als militärischen Grünschnabel entsprechend lässig.

Später, nach intensiver Besichtigung der biblischen Stätten in und um Jerusalem, arbeitete ich eine Woche im Kibuz Lahavot Habaschan am See Genezareth. Als wir dort das Schwimmbecken reparieren mussten, erklärte mir ein Sicherheitsoffizier, wo wir bei allfälligem Raketenüberfall der Syrer von den Golanhöhen her in Deckung springen sollten. Das kam damals immer wieder mal vor. Ich hatte allerdings

Glück und hörte während meines vierwöchigen Aufenthalts in Israel keinen einzigen Schuss.
Alle zehn Tage spendete ich im Spital einen halben Liter Blut – gegen Bargeld, das ich dringend brauchte. Das Gefühl dabei war gewöhnungsbedürftig, aber in Israel war das damals völlig normal.

Nach dieser Nahostreise traf ich den Schulkollegen und späteren Nationalrat Andrea Hämmerle auf dem Bahnhof Reichenau. Beide waren wir auf dem Weg in die Kaserne Andermatt. Er hatte gerade in einem «Döschwo», dem 1968er-Kultauto Citroën Deux Chevaux, die Sahara durchquert, und wir hatten uns viel zu erzählen, während wir das Bündner Oberland hinaufgondelten.
Beide waren wir nach unseren Reiseabenteuern auch brandmager und hatten Verdauungsprobleme. Bei der sanitarischen Eintrittsmusterung in Andermatt befahl uns der Arzt sofort in Quarantäne – unter dringendem Typhusverdacht. Nach einigen Tagen übernahm ich dann den Sportzug, eine Einheit mit 20 Top-Athleten aus der ganzen Schweiz.

Hochschule St. Gallen 1969–1973

Nach so langer Zeit im Militär und auf abenteuerlichen Reisen war der Studienbeginn an der modernen und aufstrebenden Hochschule St. Gallen (HSG) eine Art Resozialisierung, nicht zuletzt auch umgangssprachlich.
Ich hatte mich für Betriebswirtschaft entschieden und freute mich auf das Studentenleben an der schön gelegenen Hochschule. Ich traf dort viele Kollegen aus der Schulzeit und dem Militär wieder. Die Dozenten waren meist jung und begeisterten uns für ihre Fächer und Fallstudien.
Als meine Mutter mir nach meinen Reiseabenteuern stolz mitteilte, sie hätte im katholischen Studentenheim an der Zwinglistrasse in St. Gallen für mich ein kleines Zimmer reserviert, war ich gar nicht begeistert. Ich hatte mich auf eine sturmfreie Bude gefreut. Das Haus des legendären Studentenpfarrers Richard «Cato» Thalmann erwies sich allerdings als Glücksfall. Wir waren eine zusammengewürfelte Gruppe – vorwiegend aus den Kantonen Luzern und Wallis sowie aus Deutschland – und hatten eine super Zeit miteinander.
Das Studium verdiente ich mir als Aushilfslehrer an der Kantonsschule in Sargans und Lehrer der Kaufmännischen Berufsschule in St. Gallen sowie mit Privatstunden für Englisch.

Die Diplomarbeit schrieb ich über die «Stellung und Bedeutung des Rechenzentrums in der Unternehmung», was an dieser Stelle manchen späteren Mitarbeiter von mir belustigen wird. Denn ich selbst habe erst seit wenigen Jahren einen eigenen Laptop, auf dem ich E-Mails empfangen und beantworten kann. Ansonsten ist mir die Computerwelt fremd geblieben, obwohl mich deren Entwicklung und Nutzen absolut fasziniert.

99 Tage USA, Kanada und Mexiko im Greyhoundbus

Nach dem ersten Jahr in St. Gallen reiste ich 99 Tage im Greyhoundbus durch die USA, Kanada und Mexiko. Ein Dollar kostete damals 4,32 Franken, der Flug gut dreimal so viel wie heute, kurz: Die Reise war für mein bescheidenes Studentenbudget eigentlich viel zu teuer. Ohne väterlichen Zuschuss sowie meine diversen Tanten und Onkel in Nordamerika wäre sie für mich kaum realisierbar gewesen.
Die Verwandten, unter anderem von der Danuser Machine Company in Fulton, Missouri, fütterten mich buchstäblich durch und versorgten mich mit Tipps und Insiderwissen, die meine Reise unvergesslich machten. Einige Beziehungen zur Danuser Diaspora in den USA pflege ich bis heute weiter. Die damals gewonnene Vertrautheit mit Amerika hat mir später auf den vielen Promotionsreisen für St. Moritz und den «Glacier Express» viel geholfen. Davon jedoch später.

Das Berufsbild und die Ausbildung der Airhostess

Während der Offiziersschule in Bern 1968/69 hatte ich meine spätere Frau Ursi Schmid kennengelernt, eine Cousine zweiten Grades und Bürgerin von Felsberg. Sie arbeitete zwei Jahre später als Airhostess bei Swissair. Im Juni 1973 heirateten wir in Bern und feierten zusammen mit ihrer älteren Schwester und deren Bräutigam eine Doppelhochzeit. Ursi war ein Glücksfall für mich und half mir entscheidend dabei, während 35 gemeinsamen Jahren trotz viel Druck und Hektik das Gleichgewicht zu wahren und mich selbst zu bleiben. Sie war eine äusserst liebenswerte Frau und Persönlichkeit, ohne die ich meinen Weg in der erfolgten Weise nicht hätte gehen können.

Die Diplomprüfungen schloss ich zu meiner eigenen Überraschung mit Magna cum laude ab, wohl weil ich bei der ewigen Knappheit an Geld und Zeit gelernt hatte, den Blick für das Wesentliche zu schärfen. Jetzt wollte ich endlich Geld verdienen. Doch es kam anders.

Der damals schon legendäre Professor Rolf Dubs hatte sich im Herbst 1973 über einige Swissair-Stewardessen geärgert und beim Kaffee von seinem Assistenten erfahren, dass ein Verbindungskollege gerade eine Stewardess geheiratet und zudem ein gutes Diplom gemacht habe. Professor Dubs zitierte mich in sein Büro und diktierte mir mein Dissertationsthema: Das Berufsbild der Airhostess. Dass ich den Doktor-

titel gar nicht anstrebte, interessierte ihn nicht. Aus praktischen und persönlichen Gründen schrieb ich die Arbeit dann bei Professor Paul Weilenmann an der Universität Zürich.
Das Thema und die notwendigen Recherchen katapultierten mich in eine andere Welt – jene der schicken und vornehmen Swissair. Es begann mit dem Jom-Kippur-Krieg und dem Ölembargo der Araber. Dieses traf auch die Swissair, die Flüge streichen musste. Sie reagierte rasch und bot ihrem Flugpersonal erstmals die Möglichkeit, unbezahlten Urlaub zu beziehen.

Frisch verheiratet, beschlossen wir, eine Honeymoon-Reise in die Karibik zu unternehmen, was wir uns dank den günstigen Airliner-Bedingungen gerade so leisten konnten. Am Abend vor der Abreise platzte tränenüberströmt die enge Freundin und Swissair-Kollegin meiner Frau, Regi, bei uns herein und war völlig verzweifelt, weil ihr Freund sie verlassen hatte. Wir entschieden spontan, sie auf unsere Reise mitzunehmen und flogen am nächsten Tag zu dritt in die Flitterwochen. Die Karibik zeigte uns ihre widersprüchlichen Seiten – zwar wunderschön und romantisch, aber auch teuer und mit viel Armut und Kriminalität. Die vier Wochen «Inselhüpfen» waren insgesamt ein grossartiges Erlebnis.

Meine Frau Ursi wohnte damals mit ihrer besten Freundin Iris, unserer Brautführerin und ebenfalls Stewardess bei der Swissair, in einer kleinen Wohnung in Kloten. Nach unserer

Karibik-Reise zog ich ebenfalls dort ein. Auf diese Weise konnte ich täglich zum Hauptsitz der Swissair radeln. Diese unterstützte meine Arbeit sehr.

1974 gab es weltweit etwa 100000 weibliche Cabin Attendants, davon 1000 bei der Swissair. Nachschlagewerke oder Bücher über diesen Beruf gab es kaum. So plante ich eine Vollbefragung bei Swissair, bei der jede Airhostess einen Bogen mit 50 Fragen erhielt, die ich mit der damaligen Chef-Stewardess, ihren zwölf Sektorchefinnen und natürlich mit meiner Frau sowie mit Iris, Regi und anderen Berufskolleginnen vorher erarbeitet hatte.
Gut ein Drittel der Fragebogen kamen ausgefüllt und oft reichlich kommentiert an mich zurück. Die Ergebnisse meiner Auswertung entsprachen dem damaligen Bild der Airhostess in der Öffentlichkeit und bei der Swissair überhaupt nicht. Der Beruf erwies sich vielmehr als Knochenjob mit einer hohen Belastung für Körper und Psyche. Das berufliche Höchstalter lag bei 36 Jahren.
Das Thema war so faszinierend, konkret und aktuell, dass ich den Text innerhalb eines Jahres fertig hatte und auf 220 Seiten einreichen konnte. Zwischendurch begleitete ich meine Frau sozusagen als «Feldforschung» bei ihren Flügen mit Zwischenstationierung im Ausland, damit ich möglichst viele Berufssituationen eins zu eins kennenlernen und analysieren konnte. Etwa den «17-Nächter» Südafrika mit drei Tagen Kialami Ranch und sieben in Nairobi, oder auf die dreiwöchige Stationierung in Rio de Janeiro über Weihnach-

ten und Neujahr 1974/75 mit wöchentlichem Retourflug nach Santiago de Chile mit einer DC-10-Maschine.
Meine Analyse löste innerhalb der Swissair eine kontroverse Diskussion aus. Auch die Medien und die Öffentlichkeit zeigten reges Interesse an dem Thema. Die «Neue Zürcher Zeitung» und der «Tages-Anzeiger» brachten ausführliche Berichte darüber, und die Swissair unterzog ihr Personalreglement für Cabin-Crew-Mitarbeiter einer Totalrevision. Sie glich das Höchstdienstalter der fliegenden Mitarbeiterinnen dem ihrer männlichen Kollegen an und stellte sie diesen in Rechten, Pflichten und Karrieremöglichkeiten gleich. Und die Uni honorierte die Arbeit mit einem «Magna».

Mit der Swissair lernte ich eine damals hervorragend geführte Unternehmung kennen, die weltweit zu den besten ihrer Art zählte – «eine fliegende Bank», wie die Schweizer stolz kalauerten. Sie war das Aushängeschild der Schweiz und zelebrierte «Swissness at its best» mit allen Credos und Werten der Schweiz: Qualität, Sicherheit, Verlässlichkeit, Stil, Design, Branding.
Vieles, was ich in jenen starken anderthalb Jahren in Kloten und auf den Analyseflügen gelernt hatte, konnte ich später in St. Moritz direkt anwenden. Und der Job des Maître de Cabine ist jenem des Kurdirektors in manchen Bereichen erstaunlich ähnlich.
Etwa 15 jüngere Damen und Herren, etwa die Hälfte angestellt beim Kurverein St. Moritz, habe ich später spontan als Mentor gewissermassen in die Luft gebracht. Dank meiner

Frau und der Doktorarbeit wusste ich bestens, worum es ging, was es brauchte und wie es klappte, um bei der Swissair in der Luft Fuss zu fassen.

Nestlé, Nescafé und CWS in Zürich

Nach der Dissertation über das Berufsbild meiner Frau, die diese finanziell unterstützt hatte, erwartete sie zu Recht einen baldigen «Return of Investment». Mit anderen Worten: Das lockere Studentenleben mit Teilzeitjobs und Hostessanalysen war vorbei, und ich suchte erstmals eine feste Stelle. In Diskussion und engerer Wahl war ich bei Denner als Pressechef und im Produktmarketing von Nestlé Schweiz. Mein Vater empfahl mir damals Nestlé, eine sichere und solide Firma, wie er mir sagte, für die auch unser Nachbar Jakob Schlumpf-Brunold, der Grossvater von Eveline, gearbeitet hatte. Dabei hätte Denner einiges mehr bezahlt.
Der Start bei Nestlé war nüchtern. Man empfing mich ungefähr so: «Schön, dass Sie promoviert haben. Wir haben akademische Titel im Betrieb längst abgeschafft. Sie nehmen jetzt den Zug nach Vevey, übernehmen dort einen Ford Taunus und verkaufen im Berner Oberland einige Wochen Nescafé.»
Was folgte, war eine exzellente Einführung und Praxis in allen Bereichen des Produktmarketings. Ich bekam dort auch die hohe Schule der Marke und des Markenmanage-

ments mit, das mich für den Rest meines Berufslebens so intensiv begleiten sollte.
Unvergesslich sind die zahllosen Blindtests, mit denen wir unsere Kaffeemischungen degustierten und mit jenen der Konkurrenz verglichen. Seither trinke ich meinen Espresso grundsätzlich und aus Überzeugung schwarz, ohne Rahm, Zucker oder andere Zugaben. Wer würde je etwas in einen guten Wein geben? Und wenn wir bei unseren Degustationen dem Kaffee Milch beimischten, war der Migros-Kaffee oft besser als unser Nescafé Gold. Ganz abgesehen davon, dass Milchkaffee den Magen vor echte Verdauungsprobleme stellt.
Nestlé ist eine Perle von einer Firma, doch spürte ich bald, dass ich nicht ein idealer «Corporate Guy» war. Die Organisation war riesig mit Hunderten von Fabriken und über 300000 Mitarbeitern in etwa 150 Ländern. Entsprechend imposant waren Hierarchie und Dienstwege. Als Produktspezialist war ich ein kleines Rädchen in diesem gigantischen Organismus und hatte kaum eigene Gestaltungsmöglichkeiten. Schon die Armee war mir als Organisation zu gross.
Also wechselte ich zu CWS International, einem vergleichsweise kleinen, aber hochrentablen Dienstleister im Hygienebereich. Ich wurde Direktionsassistent und Exportleiter mit direktem Zugang zur Verkaufsfront. Da ich viel mit dem Generaldirektor und der Verwaltungsratspräsidentin zu tun hatte, beschäftigten mich auch immer wieder Fragen der Strategie und Unternehmensentwicklung.

Es war ein Sprung ins eiskalte Wasser, aber eine bessere berufliche Feuertaufe und Verkaufsausbildung on the job kann ich mir rückblickend nicht vorstellen. Allerdings waren die Erwartungen bezüglich Einsatz, Resultaten und Verfügbarkeit entsprechend hoch und total.
Da gab es eine Geschäftsleitungssitzung am Montagnachmittag. Am Schluss kam noch der Hinweis für mich: «Ach ja, Herr Danuser, morgen beginnt das zweiwöchige Verkaufsseminar mit Herrn Lamitschka, Chef CWS Deutschland, in Frankfurt, und Sie sind angemeldet – Sie werden das schon richten.»
Dabei war meine Frau mit unserem ersten Sohn hochschwanger und ich zum Wickelkurs angemeldet. Am nächsten Tag nahm ich den ersten Flug nach Frankfurt – und Lamitschka war spitze!

Lawinen-Wiederholungskurs im Bündner Oberland

Was bei Nestlé nicht der Rede wert war, verursachte bei CWS stets Stirnrunzeln: meine häufige Militärabwesenheit als mittlerweile Kompaniekommandant. Mir machte dieser Dienst Spass, nicht zuletzt, weil er mich mehrmals jährlich aus dem Unterland in die geliebte Bergwelt zurückbrachte. Als junger Oberleutnant musste ich eine Gebirgsfüsilierkompanie übernehmen und mit ihr bei Curaglia/Disentis im Bündner Oberland Verwüstungen des Lawinenwinters aufräumen. Der Einsatz war für junge Infanteristen unüblich und verlangte spezielle Massnahmen und Vorkehrungen, um die Leute trotz der ungewohnten und körperlich harten Arbeit über drei Wochen gut motiviert und leistungsstark bei Laune zu halten.

Es gab zwar manche Handwerker bei der Gebirgstruppe, aber auch viele Kaufleute, Verwalter, Lehrer und andere Berufsleute. Keiner davon war die körperliche Plackerei beim Räumen von Lawinenkegeln und verwüsteten Wäldern gewohnt. Wir waren in einem abgelegenen Bergdorf untergebracht, etwa 120 Soldaten und Kadermitglieder aus Graubünden und dem Unterland. Die Tage waren lang, die Verpflegung einfach, und abends lief ausser dem Zusammensitzen im kleinen Gasthaus gar nichts.

Es war mein erstes richtiges Kommando, bisher hatte ich nur Züge von 25 bis 30 Mann geführt. Mein Glück war, dass die Kompanie über tüchtige Kader verfügte, die mich von Beginn an als Chef akzeptierten und mit anpackten.

In einer improvisierten «Nachtübung» stellten wir für die drei Wiederholungskurswochen attraktive Abendprogramme auf die Beine, um den Soldaten nach den anstrengenden Tagen etwas Abwechslung zu bieten und um Alkoholexzesse zu vermeiden.

So bildeten wir die Ad-hoc-Kapelle «Gian, Peter & Co», die jeden Abend in der gemütlichen Kantine oder im Café-Club aufspielte. Ein geliehener Fernsehapparat bot Tagesschau und Fussballspiele. Der Armee-Filmdienst lieferte uns einen 16-mm-Projektor mit Leinwand und gute Filme.

Von privaten Firmen bekamen wir grosszügig Lebensmittel und Getränke, mit denen wir unsere Militämenüs für die hungrige Mannschaft aufbessern konnten. Mein Chef bei Nestlé organisierte Tausende Dosen «mit fruchtigem Flair», Maggi-Suppen und zum Dessert Stalden-Schokoladen- und -Karamell-Cremes. Der Küchenchef kreierte täglich neue Rezepte, die er auch anderen Kompanien zur Verfügung stellte. Passugger versorgte uns kostenfrei und à discrétion mit Mineralwasser, die Fleischtrocknerei Grischuna mit Würsten, die Weinhandlung Zanolari mit Veltliner Weinen.
Im Lawinen-Wiederholungskurs 1975 habe ich das Handwerk der praktischen Betriebsführung und der täglich erforderlichen Improvisation gelernt, was ich später in St. Moritz gut einsetzen konnte.
Resultat und Wirkung dieser Bemühungen kamen auch bei der Mannschaft gut an. Die anfänglichen Klagen, wir seien ein Arbeits- und Straflager «à la Gulag», verstummten spätestens in der zweiten Woche. Noch heute werde ich gelegentlich auf jene Zeit in Curaglia angesprochen.

Auch im Jahr darauf, als ich mit einer grossen Zürcher Rekrutenkompanie den Hauptmann abverdiente, kam mir die Curaglia-Erfahrung zugut. Als wir im Frühling vier Wochen auf dem Segnespass oberhalb von Flims in der Gefechtsverlegung waren, wurde uns eine Trainkolonne zugeteilt – eine Einheit mit etwa 20 Pferden, die sinnvoll eingesetzt werden musste. Da zwei Rekruten von Beruf Konditor waren und der Furier auf der Alp höchstens einmal die Woche etwas

Süsses verteilen konnte, stellte ich die beiden Zuckerbäcker zwei bis drei Tage die Woche einer renommierten Konditorei in Flims Waldhaus zur Verfügung. Sie arbeiteten dort für den Betrieb, konnten daneben aber auch jeweils gut 200 Nussgipfel, Cremeschnitten und dergleichen zubereiten, die dann spätnachmittags auf den Rücken der Trainpferde nach Segnes hinauftransportiert wurden und die gut 150 ausgelaugten Gebirgskämpfer kulinarisch wieder aufrichteten.

Im Militär wie auch im Berufsleben hatte ich das Glück, zumeist gute und fähige Vorgesetzte zu haben, die mir oft auch als persönliche Vorbilder dienten. Während sie uns in Losone und Isone das militärische Handwerk und das Überleben in praktisch jeder Situation beibrachten, kamen später Theorie und Praxis der Truppenführung dazu. Am meisten lernte ich dabei als Zugführer, Kompanie- und Bataillonskommandant beim Abverdienen dieser Dienstgrade in Rekruteneinheiten sowie in den etwa 20 Wiederholungskursen in Führungsfunktionen.
Es war die hohe Schule der Auftragstaktik, die letztlich auf den preussischen Militärstrategen General von Clausewitz zurückgeht und uns in Manövern und Gefechtsschiessen auch heikle Situationen meistern liess. Als knapp 30-jähriger Kommandant von 150 Leuten lernte ich delegieren, Prioritäten setzen und folgende Credos beherzigen. Erstens: Nach jeder Überraschung, Lageänderung und neuen Situation lautet die erste Frage: Worum geht es im Kern überhaupt? Was ist wichtig, und was davon eilt? Zweitens: Was immer auch

passiert, jeder Mensch hat seine Würde und das Recht, mit entsprechendem Respekt behandelt zu werden. Auch im Militär. Diese simplen Grundsätze haben mir geholfen, auch mit schwierigen Situationen klarzukommen und meine 1250 Diensttage in positiver Erinnerung zu behalten (Abb. 3).

Teil II

St. Moritz und die Welt
1978–2008

«Hat der Mann auch ‹fortune›?»

Napoleon Bonaparte

Die Wahl

Es begann Mitte Dezember 1977 mit einem Aufenthalt meiner schwangeren Frau im Kantonsspital Chur. Ich arbeitete damals bei CWS International in Zürich, nahm den Zug Richtung Graubünden und hatte endlich einmal Zeit, um die «Neue Zürcher Zeitung» (NZZ) vollständig zu lesen. Dabei entdeckte ich ein etwas unbeholfenes Inserat, in dem ein neuer Kurdirektor für St. Moritz gesucht wurde (Abb. 5).
Ich kannte das Engadin nur vom Militär her, und vom Incoming-Tourismus hatte ich keine Ahnung. Ausserdem war ich nicht auf Jobsuche. Meine Stelle in Zürich gefiel mir sehr und bot interessante Perspektiven. Dennoch liess mich das Inserat nicht los. Es machte mich neugierig, auf welche Art und Weise ein so bekannter Ort wie St. Moritz nach über 30 Jahren erstmals wieder einen Kurdirektor suchte. Ich hatte im Rahmen meiner Doktorarbeit die zeitgemässe Auswahl von Airhostessen analysiert, und ich war gespannt, wie das wohl bei einem Kurdirektor vor sich geht.
Ich sandte also eine Standardbewerbung nach St. Moritz. Gut einen Monat später bestätigte mir Peter Kasper, damals 67 Jahre alt und seit 33 Jahren Chef des Kur- und Verkehrsvereins, den Eingang meiner Unterlagen und bat mich um Beantwortung einiger Fragen. Im März dann bot mich Dr. Franz Gubser, ehemaliger Chefpsychologe der Swissair, zu einer eintägigen Eignungsuntersuchung in sein Büro in Zürich auf. Heute würde man von einem Assessment

sprechen. Zwei Tage später fand in St. Moritz das finale Vorstellungsgespräch mit dem Vorstand des Kurvereins statt, der anschliessend die Wahl vornahm.
In der Rückschau ist es erstaunlich, wie professionell die vier beauftragten Vorstandsmitglieder des Kurvereins die Wahl des neuen Kurdirektors damals anpackten: Moritz Märky, Präsident und Hotelier, Mario Mathis, Vizepräsident und Direktor der Credit Suisse St. Moritz, Corrado Giovanoli, Gemeindepräsident und zuvor Chef bei Toscano Pontresina, sowie Peter Kasper, Kurdirektor.
Indem sie Dr. Gubser einbezogen, hatten sie nicht einfach einen Personalberater beauftragt, sondern einen Pionier der modernen Kaderauswahl in der Schweiz, der vorher 16 Jahre für die Auswahl der Swissair-Piloten verantwortlich war. Er hatte in jener Zeit gut 1000 Piloten evaluiert – aus mehreren 10 000 Bewerbungen! Gubser war der erste, der in der Schweiz Assessments entwickelt und durchgeführt hat, wie sie heute bei der Auswahl von Führungskräften üblich sind.
Ich hatte mich vorher bei den wenigen Engadinern, die ich vom Militär her kannte, über das Wahlumfeld erkundigt, und alle warnten mich vor dem politischen Kesseltreiben, das in dieser Sache zwischen den beiden bürgerlichen Ortsparteien, der Freisinnig-Demokratischen Partei (FDP) und der Christlichdemokratischen Volkspartei (CVP), stattfinde. Die beiden «schwarzen» Vorstandsmitglieder stimmten denn auch für ihren einheimischen Kandidaten, die grosse Mehrheit votierte für den «fremden» Bündner aus dem Unterland.

Zurück in Männedorf, wo wir damals mit Blick auf den Zürichsee wohnten, fand ich das Glückwunsch-Telegramm von Peter Kasper vor, und fast gleichzeitig erfuhr ich, dass meine Frau an diesem Tag unseren zweiten Sohn geboren hatte. Spontan beschlossen wir am nächsten Tag im Spital, ihm statt Carlo den Namen Gian Carlo zu geben, da die Engadiner Talsprache Romanisch ist.
Für meine Frau und mich war die Wahl nach St. Moritz ein ziemlicher Schock. Wir hatten damit überhaupt nicht gerechnet. Erst die gewaltige Publizität in den darauffolgenden Tagen liess uns ahnen, was für eine Zäsur diese Entscheidung für unser bislang eher unaufgeregtes Leben bedeutete. Natürlich freute auch meine Frau sich über die Wahl, war aber nicht gerade begeistert, mit den beiden Babys aus unserer Traumwohnung am Zürichsee ins raue Oberengadin auf gut 1800 m ü. M. zu ziehen. Bei unserem ersten gemeinsamen Besuch im April war der St. Moritzersee zum grossen Teil noch gefroren, während im Unterland längst der Frühling Einzug gehalten hatte.
Kurz darauf rief mich ein Walter Amstutz an und gratulierte zur überraschenden Wahl. Er wohne auch in Männedorf, gleich unter uns am See, und sagte: «Ich war Ihr Vorvorgänger, St. Moritzer Kurdirektor von 1929 bis 1938.» Später, als wir befreundet waren, erzählte er mir, wie er 1930 zusammen mit dem bekannten Zürcher Grafiker Walter Herdeg die St. Moritzer Sonne und den eleganten Schriftzug eingeführt hatte – Elemente, die Peter Kasper 1945 übernommen hatte und die bis heute praktisch unverändert verwendet werden.

Ich sei ja erst der dritte Kurdirektor seither, hielt er anerkennend fest.
Das erinnerte mich an eine Bemerkung des damaligen Direktors und Miteigentümers des Palace Hotels, Andrea Badrutt. Nachdem er mir zur Wahl gratuliert hatte, warnte er: «Und was Sie noch wissen müssen: Ein Kurdirektor amortisiert sich in St. Moritz erst ab dem 25. Dienstjahr!» Und später kalauerte er einmal beim Kaffee: «Wir hätten auch einen Sandsack gewählt, aber reformiert musste er sein.»
Ich war sehr überrascht, dass dies im St. Moritz der späten 1970er-Jahre überhaupt ein Thema war. Die Katholiken (CVP) hatten damals politisch bereits die Mehrheit und wählten dann schon bald die ersten katholischen Bürgermeister und Gemeindepräsidenten von St. Moritz seit der Reformation vor bald 500 Jahren. Im Kurverein hatten die Liberalen das Sagen, und die wollten offenbar nochmals einen Reformierten als Direktor. Es war ganz in ihrem Sinne, wenn dieser auch wieder 30 Jahre bleiben würde. Damals hätte ich nicht gedacht, dass ich wirklich so lange durchhalten würde. Der Posten des Kurdirektors galt als Schleudersitz, seine «Dienstzeit pro Ort» betrug in der Schweiz durchschnittlich etwa fünf Jahre – nur Fussball- und Eishockeytrainer wurden noch schneller ausgewechselt.

«No risk, no fun!»
Snowboarder-Credo

Heidiland

Mein Arbeitsbeginn in St. Moritz war auf den 1. August 1978 festgelegt.

Bereits im April fragte der Kurverein jedoch an, ob ich im Mai anstelle von Peter Kasper nach Asien reisen könne, da dieser erkrankt sei. Graubünden hatte für seine erste Promotionsreise nach Fernost eine Delegation zusammengestellt, der die Kurdirektoren von Arosa, Davos, Klosters und St. Moritz angehörten.

Da die Abreise schon kurz bevorstand, ersuchte ich den Kurvereinspräsidenten um ein telefonisches Briefing meines Auftrags für diesen Einsatz. Moritz Märky hielt sich kurz: «St. Moritz ist nicht stark am asiatischen Markt interessiert; allenfalls für den Sommer, aber auch dann nur an FITs – fine individual travellers –, also an Individualgästen und keineswegs an Gruppen.» Im Übrigen laufe St. Moritz im Winter so gut, dass ich mich in den ersten Jahren primär auf die Stärkung des Sommergeschäfts konzentrieren solle.

Nun hatte ich zwar einen klaren Auftrag, fühlte mich aber schlecht vorbereitet, da ich von diesem Geschäft keine Ahnung hatte. Also bat ich Moritz Märky, mir für die Reise einen international versierten Hotelier zur Seite zu stellen. Das war dann mit Heinrich Weinmann, Besitzer des Hotels Albana, auch der Fall. Seine Hilfe und Erläuterungen auf der Reise waren für mich äusserst wertvoll.

Wir besuchten Singapur, Hongkong sowie verschiedene Städte in Japan. Die Präsentationen und Kontakte waren von den dortigen Mitarbeitern der Schweizer Verkehrszentrale und der Swissair gut vorbereitet worden. In allen drei Märkten waren wir zudem in von Schweizern geführten erstklassigen Hotels untergebracht. Diese unterstützten unsere Aktivitäten ebenfalls wirksam. Alle fanden es höchste Zeit, dass endlich auch die Top-Orte Graubündens in Asien aktiv wurden, nachdem das Berner Oberland, Montreux, Genf und Zermatt diese Märkte bereits seit gut zehn Jahren regelmässig und systematisch bearbeiteten.
Im japanischen Kobe eröffneten wir St. Moritzer zusätzlich eine grosse Segantini-Ausstellung. Anschliessend besuchten wir Kutchan auf der Insel Hokaido, die Schwesterstadt von St. Moritz.
Als ich den Schweizer Vertretern in Tokyo meinen Auftrag von St. Moritz für Asien präsentierte, reagierten diese belustigt und mit Kopfschütteln. Kein Japaner käme je auf die Idee, den Winterort St. Moritz im Sommer zu besuchen und schon gar nicht als Individualgast. Der Japaner reiste damals nur in Gruppen, wenn er seine Ferien ausserhalb seines Landes verbrachte. Da ich nicht bereits den ersten Auftrag meines neuen Arbeitgebers vermasseln wollte, suchte ich fieberhaft nach Möglichkeiten, den Asiaten das von den Olympischen Winterspielen her bekannte St. Moritz als Sommerziel zu verkaufen. Die Firma Nestlé hatte ein ähnliches Problem zehn Jahre zuvor erfolgreich gelöst, indem sie mit

dem Imagetransfer von Gold auf Nescafé einen Coup landete, der zu einer «cash cow» wurde.
Der einzige Schweizer Name, den die Asiaten und vor allem die Japaner kannten und der für Sommer, Berge und Natur steht, der sympathisch ist und geografisch halbwegs für St. Moritz durchgehen konnte, war Heidi. Ihr Name und ihre Geschichte waren in Japan dank einer TV-Serie sehr populär, und bei St. Moritz war gerade eine 26-teilige Heidi-Verfilmung gedreht worden, die das Schweizer Fernsehen im laufenden Sommer mit grossem Erfolg zeigte. Warum St. Moritz und das Engadin in Asien nicht als «Home of Heidi» oder «Heidi-County» präsentieren? In Anlehnung an Switzerland und Disneyland entschied ich mich für «Heidiland», was die dortigen Schweizer als sehr gute Idee aufnahmen, da diese Wortschöpfung weltweit verständlich ist. Seither hat St. Moritz Sommergäste aus Asien.
In der Schweiz kam der neue Begriff im Zusammenhang mit St. Moritz allerdings nicht gut an, im Engadin nicht und erst recht nicht in Maienfeld und im Churer Rheintal, wo die Heidi-Geschichte beheimatet ist. Meine Mutter fragte mich am Telefon, ob ich denn von allen guten Geistern verlassen sei. Ich präzisierte, dass St. Moritz das TV-Heidiland sei, aber es half nichts. Immerhin bescherte Heidi uns auf diese Weise eine gewaltige Publizität als Sommerdestination und Drehort des aktuellen Heidifilms.
Ein auf Muottas Muragl vor der Engadiner Seenlandschaft arrangiertes Bild mit Heidi und ihrer schwarz-weissen Lieb-

lingsziege aus dem Fernsehfilm ging dann um die Welt und machte die neue Ferienmarke bekannt (Abb. 9). Heidis heile Welt – Edelkitsch ja, aber wirksam!

Aufgrund des Medienrummels und des gelungenen Imagetransfers kamen bald auch Anfragen aus der Privatwirtschaft, die den Namen für ihre Produkte verwenden wollten. So liess ich die Wortkombination «Heidiland» 1979 beim Eidgenössischen Amt für geistiges Eigentum in Bern als Marke registrieren.

Ueli Prager, Gründer und Chef von Mövenpick, rief mich später an, ob er die neue Autobahnraststätte an der A13 bei Maienfeld «Heidiland» nennen dürfe. Er durfte, und Mövenpick wurde als Gegenleistung für einige Jahre Sponsor eines Pferderennens auf dem St. Moritzersee.

Auch als St. Moritz Mitte der 1980er-Jahre mit «Top of the World» eine Umpositionierung von Heidis Sommer in Richtung Winterparadies vornahm, entwickelte sich die Marke «Heidiland» weiter. Es gab Heidiland-Besteck von Berndorf, Heidiland-Käse von Coop, Mineralwasser, Gemüse und vieles mehr.

Seit den 1990er-Jahren tritt die Ferienregion Bad Ragaz/Sarganserland/Walensee mit Erfolg als «Heidiland» auf, basierend auf einem langjährigen Lizenzvertrag mit dem Kurverein St. Moritz, dem Eigentümer der Markenrechte. Auch die Heididorf AG in Maienfeld schloss aufgrund des starken Markenschutzes mit St. Moritz einen Lizenzvertrag ab, der seit Anfang des neuen Jahrtausends in Kraft ist.

Die mit Heidiland gewonnene touristische Markenerfahrung half uns später entscheidend bei der Realisierung des Markenprojekts «St. Moritz». Beides waren Innovationen, echtes Neuland – nicht nur auf dem Gebiet des Markenrechts, sondern auch des Tourismus. Die Branche reagierte mit Skepsis und Kopfschütteln, die Medien mit grossem Interesse. Die Gäste bissen an und hatten ihre Freude daran.

Der Start in St. Moritz: Zwischen Schwimmfest und Kabarett

Zwischen der Asienreise und dem eigentlichen Arbeitsbeginn in St. Moritz war ich für CWS in Luzern bei Schlüsselkunden unterwegs. Da die «Leuchtenstadt» gerade einen neuen Verkehrsdirektor hatte, besuchte ich ihn. Der Mann hiess Kurt H. Illi und war gerade zwei Monate im Amt. Ich fragte ihn: «Und was macht denn der Direktor von Luzern so den ganzen Tag?» Er lachte: «Ich weiss es immer noch nicht!»

Wir sollten in den kommenden Jahren oft miteinander unterwegs sein und wurden gute Freunde. Zum Abschied übergab er mir das Marketingkonzept für Luzern, das er seinem Vorstand präsentieren wollte.

Meine ersten Tage und Wochen in St. Moritz waren eine Mischung aus Schwimmfest und Kabarett. Peter Kasper hatte die Übergabe gut vorbereitet, verreiste aber bald darauf nach Amerika – in seine ersten Ferien seit Jahren, wie er mir sagte. So erklärte mir meine Assistentin jeden Morgen wieder ein Stück meines neuen Berufslebens. Ich war zwar ihr Chef, zugleich aber auch eine Art Lehrling, der von seiner Umgebung und Aufgabe wenig Ahnung hatte.

Die Fussspuren meines Vorgängers waren gross. Ich war erst 31 Jahre alt, und das Ganze war für mich eine Wundertüte, von der ich noch nicht wusste, welche Überraschungen sie für mich bereithielt. Alles, was ich sagte oder in Angriff

nahm, machte sofort die Runde – ich stapfte von Fettnäpfchen zu Fettnäpfchen, oft knietief. Dazu kam, dass ich bereits im Oktober wieder im militärischen Wiederholungskurs verpflichtet war und schon im Januar darauf ein weiteres Mal für gut vier Wochen einrücken musste. Das passte den Hoteliers und meinen Kritikern überhaupt nicht, obwohl dies bei meiner Bewerbung allen bekannt und ein ernsthaftes Kriterium für meine Wahl war.
Der Vorstand des Kurvereins war von Beginn an äusserst integer und konstruktiv. Insbesondere der harte Kern, der das Risiko eines Branchenneulings eingegangen war und trug, hielt mir bei aller Skepsis und Kritik den Rücken frei: Moritz Märky, Mario Mathis, Corrado Giovanoli, Andrea Badrutt, Peter Kasper und im Hintergrund Bürgermeister Hansin Gartmann. Eine starke Stütze war mir stets auch Dr. Robert Eberhard, St. Moritzer Bäderarzt seit 1976, der sich mit grosser Kompetenz und viel Engagement für das Heilbad und die Mineralquellen einsetzt.
Mir wurde rasch klar, dass weite Teile der Bevölkerung und auch die Mitglieder des Kurvereins nicht wussten, was der Kurverein tat und plante. Daher lancierte ich bereits im zweiten Monat nach meinem Start das erste Kurvereins-Bulletin. Es enthielt die Sitzungsagenda und führte alle wichtigen Aktivitäten, Reisen, Referate und öffentlichen Auftritte des Kurdirektors auf. Das Bulletin erschien die ersten 20 Jahre monatlich, später jeden zweiten Monat und ging nicht nur an die Mitglieder, sondern auch an die regionalen Medien und wichtigen Branchenpartner.

Die Deutsche Reiseakademie

Verschiedene Hoteliers führten mich früh in für St. Moritz wichtige Kreise und Branchenverbände ein, die mir später bei der Marktbearbeitung sehr wertvoll waren. So nahm mich Bruno Kilchenmann vom Carlton Hotel zum Weltkongress der American Society of Travel Agents (ASTA) nach München mit: Da kamen Tausende, vorwiegend nordamerikanische Reiseagenten, Reiseveranstalter und Reisejournalisten zusammen sowie viele Hoteliers aus aller Welt. Hier lernte ich unter anderen auch die Direktoren der führenden Schweizer Luxushotellerie kennen.

Walter Nowak, erster und langjähriger Direktor des Hotels Europa in St. Moritz Champfèr nahm mich zur «Deutschen Reiseakademie» nach Wien mit, die das Deutsche Reisebüro (DER), später DERTOUR, jährlich für ihre besten Agenten und Expedienten durchführte. Dieser Anlass erwies sich rasch als hervorragende Plattform für St. Moritz im deutschen Markt.

In der Folge nahm ich während 25 Jahren an etwa 20 dieser Akademien aktiv teil und habe bei keiner anderen Veranstaltung so viel gelernt und bewirkt wie hier. Da kamen jeweils 500, später 700 handverlesene deutsche Reisebüro-Frontleute zusammen und lernten die DER-Programme des kommenden Jahres kennen. In Zehnergruppen standen die Teilnehmer den gut 40 wichtigen Anbietern aus der ganzen Welt während je 20 Minuten im Turnus zur Verfügung.

Das bedeutete für uns 70 Präsentationen innerhalb weniger Tage. Das war Teamwork und Softselling der Sonderklasse – anstrengend, aber wirksam! Ohne diese jährlichen Präsentationsmarathons und systematischen Nachfassaktionen mit Mailings, Wettbewerben, Agenten- und Pressereisen wäre ein Relaunch von Glacier und Bernina Express mit so wenigen Mitteln nie möglich gewesen. Noch heute kommt etwa die Hälfte der «Glacier»-Passagiere aus Deutschland.
Eine so straffe Organisation und hohe Eventqualität ist in dieser Grössenordnung nur mit deutschen Teilnehmern möglich. Damit die erfolgreichsten Reisebüromitarbeiter auch regelmässig teilnahmen, fand die «Akademie» jeweils in wichtigen und trendigen, oft neuen Destinationen statt. Dabei hatte das Deutsche Reisebüro meist eine gute Nase – Profis eben: Sydney, Hawaii, Kapstadt, Dubai, Luzern, Orlando, Peking und so weiter.
Mir ist Scottsdale in Arizona, wo ich 1982 war, in besonderer Erinnerung. Um die offensiven Österreicher etwas zu bremsen, planten wir, einen Alphornbläser nach Amerika mitzunehmen. Wir – das waren Walter Nowak für das Hotel Europa und den Corvatsch, Roger Jungo für die Schweizer Verkehrszentrale in Frankfurt und ich für St. Moritz und den Glacier Express. Bald zeigte sich, dass unser Budget für Musikpersonal nicht ausreichte. Also beschloss die Runde, der Jüngste von uns müsse ein Alphorn auftreiben und in den USA damit jede Agentengruppe empfangen und verabschieden. Da ich damals stets der Jüngste war, wusste ich, was zu tun war.

Dank Deutschen und Österreichern kam ich so zum Alphorn, jener «Swiss Lady», die mich seit Scottsdale auf allen weiteren Markteinsätzen im In- und Ausland begleiten sollte und zu einem meiner Markenzeichen wurde.

*«**Work hard, have fun, make money!**»*
Amerikanische Lebensphilosophie

*«**Arbeite und strebe, aber lebe!**»*
Deutsche Lebensphilosophie

Glacier Express

Ende der 1970er-Jahre verlor der US-Dollar gegenüber dem Schweizer Franken und anderen europäischen Währungen massiv an Wert. Als direkte Folge davon brachen bei der Swissair die Frequenzen der wichtigen Atlantikverbindungen von und nach Nordamerika empfindlich ein.
Paul Reutlinger, ein junger, dynamischer und innovativer Kadermann bei der Swissair, lud Kurt H. Illi von Luzern, Joe Luggen von Grindelwald, mich und weitere marktaktive Verkehrsdirektoren zu sich nach Zürich ein und diskutierte mit uns, wie wir gemeinsam das Atlantikgeschäft wieder beleben könnten. Seine Devise war: Es gibt ein Angebot erst, wenn man es kennt!

Zusammen mit der Schweizer Verkehrszentrale und «seinem» Swissair-Aussendienst in Amerika organisierte er fortan jährlich Promotionsreisen dorthin, die wir zu sehr vorteilhaften Bedingungen aktiv begleiten konnten – was ich intensiv und mit Erfolg tat.
Einer meiner Mentoren und Förderer dabei war Helmut Klee, langjähriger Chef der Schweizer Verkehrszentrale Nordamerika. Mit den Jahren setzte er mich wie einen eigenen Verkaufsleiter ein und organisierte für mich mit seinem Netzwerk der Verkehrszentrale und der Swissair Promotionsreisen quer durch die USA, von Kanada bis Mexiko, und weiter bis nach Caracas, der Hauptstadt Venezuelas. Zwei

davon dauerten sechs Wochen – mit jeweils einer Stadt pro Tag sowie einer persönlichen Nachbesprechung mit Helmut auf dem John F. Kennedy International Airport, dem Flughafen von New York. Als mich meine Frau nach dem zweiten dieser Mammuteinsätze nicht mehr am St. Moritzer Bahnhof abholte, wusste ich, was die Uhr geschlagen hatte und verkürzte meine Geschäftsreisen fortan auf maximal zwei bis drei Wochen.

Helmut Klee erwähnte 1980 auch erstmals einen «Glacier Express»-Zug zwischen St. Moritz und Zermatt, der infolge des Furkatunnelbaus seit einigen Jahren leider nicht mehr fahre, aber unbedingt neu lanciert werden sollte. Der Glacier Express sei in Amerika als eine Art «Swiss Classic» bekannt und könnte gut verkauft werden, dank dem neuen Tunnel sogar ganzjährig. «Lade doch mal die Direktoren der drei involvierten Privatbahnen Rhätische Bahn, Furka-Oberalp-Bahn und Brig-Visp-Zermatt-Bahn zu einer Sitzung ein, bestelle ihnen meine Grüsse und überzeuge sie von einem Relaunch des Glacier Express!», forderte er mich beim Abschied auf.

Was ich in meiner Naivität im Frühling 1981 dann auch tat. Es war vielleicht das erste Treffen dieser Art zwischen Kur- und Eisenbahndirektoren – gewissermassen «exterritorial» in Zürich. Ich hatte auch Constant Cachin eingeladen, meinen erfahrenen Kollegen aus Zermatt, ebenfalls Herrn Staubli vom Ressort Personenverkehr der Schweizerischen Bundesbahnen (SBB) sowie Romy Bohnenblust von der Swissair.

Der Vorschlag, auf die Eröffnung des Furkatunnels im Juni 1982 hin den Glacier Express neu zu lancieren, stiess bei den Bahndirektoren auf grosse Skepsis. «Wir sind solide Ingenieure und können nicht einen Glacier Express neu bringen, bei dem der Passagier den (Rhone-)Gletscher nicht mehr sieht, weil der Zug fortan durch den Furkatunnel fährt. Für Kurdirektoren spielen solche Details offenbar keine Rolle, wie wir beim Heidiland gesehen haben. Aber wir Eisenbahner nehmen die Geografie ernst», hiess es.
Das war der Tenor. Schliesslich konnten wir jedoch die drei Direktoren überzeugen, dass ihre Passagiere vor und nach dem Tunnel noch viele andere Gletscher sehen können, weshalb der Name «Glacier Express» auch in Zukunft gerechtfertigt und beizubehalten sei.
Die drei Bahnen und zwei Orte einigten sich darauf, für den weltweiten Relaunch des «Glacier» vorerst einmal jährlich je 5000 Franken in einen Topf zu zahlen. Verantwortlich für das Marketing sollten die Kurdirektoren sein – die Bahnen übernahmen den Betrieb. Da ich bei Nestlé den Relaunch von Nescafé Gold mitgemacht hatte, wusste ich, worauf es bei einer solchen Neulancierung einer etablierten Marke ankam. Der grösste Unterschied war, dass uns bei Nestlé für den kleinen Schweizer Markt drei bis vier Millionen Franken zur Verfügung standen, beim Glacier Express für die ganze Welt aber nur 25 000 Franken pro Jahr.

Der Glacier Express wurde zu einer Erfolgsgeschichte: 20000 Passagiere 1982 – ab Tunneleröffnung im Juni –,

53 000 Passagiere 1983, gegen 80 000 im Folgejahr und so weiter, bis sich die jährlichen Frequenzen in den 1990er-Jahren bei etwa 250 000 Passagieren pro Jahr stabilisierten.
Es gibt viele Gründe und Väter dieses Erfolgs. Das Angebot und Gesamterlebnis von rund acht Stunden sind wirklich grossartig: die durchfahrene Landschaft, die Linienführung mit etwa 300 Brücken, Viadukten und Tunnels, das stets verbesserte Rollmaterial, der exzellente Service – die Bahnen haben den Hauptverdienst! Ihre Verkaufsleiter erwiesen sich als Perlen an Kompetenz, Einsatzfreude und Zusammenarbeit!
In St. Moritz stiess der «Eisenbahn-Spleen» des neuen Kurdirektors auf grosse Skepsis. An einer Generalversammlung des Kurvereins im Hotel Carlton äusserte Toni Kratzer, der Chef der grössten Autogarage im Ort, seinen Ärger klar und deutlich: «Wir haben einen komischen Kurdirektor. Der glaubt doch tatsächlich, dass ein St. Moritzer Gast freiwillig in ein ‹Rottelbähnchen› steigt, damit in acht Stunden zur Konkurrenz nach Zermatt fährt und dafür noch bezahlt!» Und auch Andrea Badrutt vom Palace Hotel war keineswegs amüsiert. Er rief mich an und teilte mir mit, jetzt sei gerade eine grosse Stammgastfamilie abgereist und mit dem Glacier Express nach Zermatt gefahren – und dies sei kein Einzelfall! Ich solle das Projekt abbrechen, es passe nicht zu St. Moritz, und kein Mensch fahre heute noch Eisenbahn! Ich konnte seinen Unmut durchaus verstehen. Ich bat ihn trotzdem, mich auch mal anzurufen, wenn Bahngäste aus Zermatt ankommen würden.

Zwei Jahre zuvor, also 1980, hatte Volkswagen im Palace Hotel die Weltpremiere des Audi Quattro zelebriert, der 20 Jahre später im Oberengadin einen Marktanteil von gut 40 Prozent erreichen sollte. Alle sprachen von der neuen Entwicklung, den neuen Autobahnen in der Schweiz, während die Eisenbahn damals nicht besonders «sexy» war.

Am meisten Unterstützung erhielten wir von der Schweizer Verkehrszentrale und der Deutschen Bahn, die uns vor, nach und während den DER-Reiseakademien halfen, als ob der Glacier Express zu ihrem Netz gehörte.
St. Moritz hatte den «Glacier» stets mit zwei Seiten in seinem Basisprospekt präsentiert und publizierte praktisch im Monatsrhythmus Pressebulletins über den «langsamsten Expresszug der Welt» und seine schiefen Gläser. Diese speziellen «Glacier-Express»-Weingläser sind schief, damit der Gast im Speisewagen das Glas durch Drehung der Schräge des Tisches anpassen kann, wenn der Zug mit starker Neigung fährt. Mit dem schiefen Glas konnte ich Menschen in aller Welt humorvoll demonstrieren, wie gemütlich, sicher und clever die Bahnfahrt zwischen St. Moritz und dem Matterhorn ist. Das Glas gehörte zusammen mit einer «Glacier-Express»-Wagentafel jahrelang zu meinem Reisegepäck wie das Alphorn.

Im Jahr 1984 erfolgte der Relaunch des «Bernina Express» nach dem gleichen Rezept zusammen mit der Rhätischen Bahn. Zwei Jahre später folgte die Lancierung des «Palm

Express» mit dem Schweizer Postautodienst zwischen St. Moritz und dem Tessin sowie dem Wallis.
Die Bahnstrecke Thusis–Albula–St. Moritz–Bernina–Tirano wurde 2008 UNESCO-Welterbe. Der Vorstand der Rhätischen Bahn hatte das Ansinnen vorerst abgelehnt, weil ihm die UNESCO als UNO-Tochter suspekt war und er bei einem «UNESCO-Abenteuer» hohe Kosten und «Abhängigkeiten von Paris» befürchtete. Schliesslich hatten die Schweizer Stimmbürger erst Mitte der 1990er-Jahre nach einer veritablen Abstimmungsschlacht dem Beitritt zur UNO zugestimmt.
Zusammen mit Verleger Hanspeter Lebrument, Nationalrat Andrea Hämmerle, Werbefachmann Hansruedi Schiesser und anderen setzten wir mit einer Kampagne zugunsten der UNESCO-Kandidatur viel Druck auf, bis Regierungsrat Hansjörg Trachsel den Ball übernahm, die Rhätische Bahn auf ihren Entscheid zurückkam und sich mit Erfolg für das Label bewarb.
Wie wichtig das war, zeigte sich unter anderem daran, dass später eine Bewerbung der bedeutenden Gotthard-Bahnstrecke nicht zustande kam und von weltweit über 1000 UNESCO-Welterben nur gerade drei Eisenbahnstrecken das Label tragen.
St. Moritz macht die Zugehörigkeit zu einem UNESCO-Welterbe zum einzigen Bergferienort, der sowohl olympisch als auch Teil eines UNESCO-Welterbes ist. Was Olympische Spiele für den Sport sind, ist das UNESCO-Label für Natur und Kultur: die globale Champions League in den entspre-

chenden Nischenmärkten. Sport, Natur und Kultur sind im internationalen Tourismus dominante Faktoren bei Reiseentscheiden.

UNESCO-Welterben und Olympische Spiele sind weltweit be- und anerkannte Qualitätslabel, die schwer zu erlangen und entsprechend rar sind. In St. Moritz liegen die beiden ausgezeichneten Stätten in Sichtweite: das Olympia-Stadiongebäude und der Bahnhof. Eine einzigartige Symbiose von Sport, Natur und Kultur! Man müsste sie nur etwas besser verkaufen.

Code 3

Dank der beschriebenen Erlebnisangebote legten die Logiernächte der St. Moritzer Sommersaison rasch zweistellig zu. Noch heute hat St. Moritz im Sommer mehr Übernachtungsgäste (Ankünfte) als im Winter, und etwa die Hälfte davon dürfte durch diese Express-Angebote generiert werden.

Trotzdem: Der Wintergast bleibt im Schnitt doppelt so lange im Ort wie der Sommergast, und er gibt ein Mehrfaches dafür aus. Die Forcierung der Sommersaison basierte auf jenem Telefonbriefing im Frühling 1978. Mitte der 1980er-Jahre kam die simple Erkenntnis, dass für einen Ort auf 1856 m ü. M., der sein Jahresgeschäft im Wesentlichen zwischen Weihnachten und Ostern macht, eine Sommerpositionierung nicht das Gelbe vom Ei ist. Also positionierten wir St. Moritz von «Heidiland» und «Glacier Express» zu «Top of the World» um – was insbesondere für das Spitzenangebot im Winter steht.

Schwesterstädte und «Kurvereinsreisen»

Paul Reutlinger von der Swissair hatte mir empfohlen, «uns» mit trendigen Wintersportorten Nordamerikas zu verschwestern. Da ich selbst keine solchen kannte, fragte ich Reto Melcher um Rat, der als Präsident des FIS-Alpin-Komitees (Internationaler Skiverband) in der Welt des Skisports zu Hause war. Er war im Vorstand des Kurvereins, mein Pate im Lions Club und der zukünftige Bürgermeister von St. Moritz. Und er empfahl uns das aufstrebende Vail in Colorado.

Kaum war allerdings die erste Delegation aus Vail in St. Moritz eingetroffen, um alles vorzubereiten, kam ein Telex von Paul Reutlinger. Er sei jetzt in Buenos Aires und dort für das Swissair-Marketing für ganz Südamerika zuständig. «Halte die Vailer noch etwas hin und verschwestere St. Moritz vorher mit Bariloche, dem schicken Winterparadies im Süden Argentiniens!» Kurz darauf tourte er zusammen mit Gemeindepräsident Giovanoli, dem Chef der Schweizer Verkehrszentrale Südamerika sowie dem Kulturattaché der Schweizer Botschaft in Buones Aires und mir zehn Tage lang durch Argentinien.

Auf diese Weise kam St. Moritz innerhalb kurzer Zeit zu zwei Schwesterstädten in Süd- und Nordamerika – zusätzlich zu Kutchan, das St. Moritz als erste japanische Schwesterstadt einer Schweizer Ortschaft 1964 kontaktiert hatte.

Später ergaben sich mit Mauritius, Sylt und Capri weitere Partnerschaften, die alle gute Publizität, starken Goodwill und langjährige Kontakte generierten, ohne viel zu kosten.

Solche Kooperationen begannen jeweils mit dem gegenseitigen Besuch gut durchmischter Delegationen aus Behörden, Kurverein, Hotellerie, Handel und Gewerbe. Daraus ergaben sich spezifische Arten von Zusammenarbeit und Erfahrungsaustausch. Mit Vail und Capri zum Beispiel bei den Bergbahnen und Hotels, mit Mauritius bei den Pferderennen, mit Sylt in den Bereichen Polo, Windsurfen und Gourmet Festival, sowie PR-Aktionen mit gemeinsamen Medienkonferenzen in Hamburg und Zürich.
Zwischen Sylt, St. Moritz und Capri liegen mit Deutschland, der Schweiz und Italien die wichtigsten Nahmärkte des Engadins, in denen wir mit diesen zwei Inselpartnern viele gemeinsame und potenzielle Gäste teilen, pflegen und gewinnen konnten. Ein St. Moritzer Stammgast und Teigwarenproduzent aus Salerno lancierte in Lizenz sogar die Pasta-Linie «Le due regine», die sich auf Capri und St. Moritz bezog.

Die St. Moritzer Delegationsteilnehmer zahlten ihre Reisespesen selbst und fanden Gefallen an solchen offiziellen Einsätzen. So entstanden die sogenannten «Kurvereinsreisen», die meine Frau Ursi in den 1980er- und 90er-Jahren alle zwei bis drei Jahre zusammen mit dem Kurverein und den lokalen Reisebüros plante und durchführte. Ursi war als ehemalige

Swissair-Hostess reiseerfahren, beherrschte mehrere Sprachen und eignete sich als Leiterin dieser halboffiziellen Reisegruppen bestens.
Dabei kam es geplant oder zufällig immer wieder zu Erlebnissen und Höhepunkten, die sich auf normalen Reisen kaum ereignen würden. So erlebte die Gruppe, die in der Regel etwa 15 Personen umfasste, 1982 in Peking die Eröffnung des ersten internationalen Hotels in China – dem Jianguo Hotel. Generaldirektor war Fritz Sommerau aus Filisur, mit dem ich seit meiner Asienreise 1978 befreundet bin.
Fritz arbeitete seit Jahren bei der Peninsula-Gruppe in Hongkong, die das neue Hotel im Managementvertrag führte. Der Schweizer Botschafter in China, der die St. Moritzer Delegation begrüsste, war Dr. Hans Müller aus dem Prättigau, sein Stellvertreter ein Konsul von Salis. Die Bündner waren an diesem wirtschaftshistorischen Ereignis also dominant vertreten.
Und sie hatten Erfolg! Fritz standen für das 528-Zimmer-Hotel noch ein Schweizer Food and Beverage Manager zur Seite, ein Schweizer Chef und Souschef sowie zwei Dutzend bewährte Kaderleute von der Peninsula-Gruppe. Die restlichen 600 Angestellten waren alle aus Peking, meist frisch von der Schule, ohne jede Arbeitserfahrung, und hatten ein Durchschnittsalter von unter 28 Jahren. Die weiblichen Mitarbeiter trugen dabei erstmals in ihrem Leben einen Rock und westliche Schuhe.
Trotz dieser Pioniersituation lief das Hotel so gut, dass Fritz der Hongkong & Shanghai Bank, die das Hotel komplett

finanziert hatte, aus dem erwirtschafteten Gewinn nach drei Jahren den gesamten Kredit zurückzahlen konnte. So begann in China Anfang der 1980er-Jahre die Öffnung und Wende zur Marktwirtschaft, die mittlerweile gigantische Ausmasse und Wirkung erreicht hat.

«Es gibt nichts Gutes, ausser man tut es.»
Erich Kästner

«Neues vom Kurverein»

Der Kurverein St. Moritz war ein gemischtwirtschaftlicher Betrieb, der sich mit öffentlichen und privaten Einnahmen finanzierte. Der Gast zahlte die Kurtaxe seinem Beherberger, der sie dem Kurverein weiterleitete. Die Taxe basierte auf einem Gemeindegesetz, wurde damals aber nicht der Teuerung angepasst und verlor deshalb laufend an Wert. Jede Änderung mussten die Stimmbürger absegnen. Auch die Beiträge der Gemeinde, direkte Zahlungen an den Kurverein oder Unterstützungsgelder für besondere Anlagen oder Anlässe unterlagen der Volksabstimmung, welcher jeweils teils wortgewaltige Kampagnen in der regionalen Zeitung «Engadiner Post» vorangingen.

Während einer solchen Abstimmungsschlacht musste ich zur Kenntnis nehmen, dass nicht einmal meine Frau meine Artikel las. In meinem Frust kam mir die Idee einer regelmässigen Kolumne in der «Engadiner Post», in der ich fortan knapp und meist sachlich über «Neues vom Kurverein» berichten würde. Die Devise lautete: Steter Tropfen höhlt den Stein.
Die Redaktion war einverstanden. Ich garantierte, rechtzeitig einen Text für jede Ausgabe der «Engadiner Post» zu liefern, die jeweils dienstags, donnerstags und samstags erscheint. Ab Mitte November 1983 stellte der Verlag den Platz an der stets gleichen Stelle auf der zweiten Seite in immer derselben Form bereit.

Die Kolumne ist in der Folge nie ausgefallen, wurde zu einer stark gelesenen «Informationsmarke per se», oft diskutiert, meist eine kleine Wundertüte. Weit über 3000 Beiträge sind bis Ende 2008 erschienen – gut 25 Jahre lang (Abb. 23, 24). Die ersten zwei Jahrzehnte schrieb ich die meisten Texte selbst, dann erhielt ich Unterstützung von Mitarbeitern, gelegentlich auch von Pontresina und anderen Orten. Viele Kolumnen diktierte ich übrigens «on the road» in dunkler Nacht auf der Fahrt über den Julierpass, um mich wach zu halten.

Trotz der Kolumne verloren wir die Abstimmung über eine Änderung des Kurtaxengesetzes 1984, die in Zukunft der Teuerung angepasst werden sollte. Das war fatal und bedeutete eine laufende Erosion der dem Kurverein zur Verfügung stehenden Mittel. Die Inflationsraten der 1980er-Jahre waren hoch. Bis zur nächsten Abstimmung vergingen gut sieben Jahre – mit einem kumulierten Wertverlust unserer Einnahmen von über 60 Prozent. Im Kurverein mussten wir wie wild sparen. Für alle Verbesserungen und Neuheiten mussten wir Partner, private Sponsoren und «Voluntari» suchen, die unentgeltlich arbeiteten. Das erforderte viel Zeit, Energie und Überzeugungskraft, die besser für die Werbung und Betreuung des Gasts verwendet worden wären.

«Kiss! Keep it short and simple!»
Bewährtes Kommunikationsprinzip

Polo auf Schnee

Einer der ältesten Sportvereine der Welt ist der «St. Moritz Tobogganing Club», der seit bald 130 Jahren jeden Winter den Cresta Run aus Schnee, Wasser und Eis baut und dort spektakuläre Schlitten- beziehungsweise Skeleton-Rennen durchführt. Im Februar 1985 feierte der Klub sein 100-Jahr-Jubiläum. Die Vorbereitungen dafür dauerten gut zwei Jahre und waren sehr aufwendig. Mein Vizedirektor, Martin Berthod, wollte dieses Jubiläum zur Lancierung eines neuen Anlasses nutzen. Dieser sollte dann jedes Jahr stattfinden und nicht nur alle 25 Jahre, wie dieses teure Jubiläum. Beim gemeinsamen Mittagessen mit Ronny Rae, Air Vice-Marshall aus Australien, Roger Gibbs, Finanzberater von Margaret Thatcher, und anderen Mitgliedern des Jubiläumskomitees schlug Martin vor, man könnte es mit Polo auf dem See versuchen. Roger reagierte in seiner trockenen britischen Art: «That might be pretty tricky – das dürfte nicht einfach sein.» Tatsächlich winkten alle hiesigen Polosportler sofort ab. Es sei unmöglich, und wir sollten es vergessen. Nur einer, Reto Gaudenzi, den ich in Berlin anrief, reagierte: «Why not?» Er kam mit Gianni Berry nach St. Moritz, und sie spielten mit Reithalle-Pferden einige Polopässe auf dem gefrorenen See. «Es dürfte gehen», entschied Reto und fand später mit Cartier gleich noch den Titelsponsor des neuen Events. Das war auch nötig, hatte der Kurverein doch keinen einzigen Franken für den Anlass im Budget.

Ein grosses Problem waren auch die Tierschützer und Tierärzte, die nicht ganz zu Unrecht befürchteten, die Polopferde könnten auf der ungewohnten, glatten Schneeunterlage Schaden nehmen. Wir setzten uns mit ihnen an einen Tisch und fanden einen Modus Vivendi. Dazu gehörte, dass wir für die verschwitzten Pferde neben dem Spielfeld auf dem See ein Zelt aufstellen mussten, das sie vor Wind, Wetter und Erkältungen schützen sollte.
Nun liegt natürlich ein See ausserhalb der Bauzone, was ein kompliziertes Verfahren für temporäre Bauten bedingte, das viel Zeit und Verständnis benötigte. Der Fall war auch gänzlich neu. Seit fast 80 Jahren fanden auf dem See zwar Pferderennen statt, doch dafür waren noch nie Zelte nötig gewesen. Dazu kam, dass Dölf Hörler, der Präsident des Rennvereins, ein rechtschaffener Jurist, dem Gemeindevorstand angehörte und der neuen Konkurrenz auf «seinem» See sehr skeptisch gegenüberstand. Ich war damals im Rennvereinsvorstand, mit dem Präsidenten befreundet und versuchte zu vermitteln.
Da sich dann gerade abzeichnete, dass wir den Ortsnamen St. Moritz tatsächlich als Marke eintragen konnten, versprach ich Dölf die ersten Lizenzeinnahmen. Falls es solche geben sollte, könnten sie anfangs dem Rennverein zufliessen, für Tribünen, die Vorbereitung des Platzes und so weiter. Er willigte ein, ermöglichte die Bewilligung für das Zelt und benannte den Grand Prix später für einige Jahre in «Chopard Grosser Preis von St. Moritz» um. Allen Beteiligten war damit gedient, und die Pferdesportanlässe auf dem

gefrorenen St. Moritzersee starteten mit einer gesunden Rivalität in eine neue Dimension und Ära.
Am ersten Spieltag des ersten «Cartier Polo World Cup on Snow», Ende Januar 1985, schneite es waagrecht auf dem St. Moritzersee. Es war so bitterkalt, dass die Schiedsrichterpfeife einfror. Reto Gaudenzi schickte geistesgegenwärtig einen Helfer zum Bahnhof, damit der Schiedsrichter das Spiel mit der Pfeife des Bahnhofvorstands leiten konnte.
Die armen Spieler schlotterten auf ihren Pferden, als Reto rief: «And now let's play! That's why we are here for!» Die Pferde verschwanden mit ihren Reitern im Schneegestöber und wurden nur noch sporadisch gesehen, zwischendurch tauchte der Pflug auf, der das Feld fast ununterbrochen säubern musste. Die Bedingungen waren völlig irregulär, doch das Spiel fand statt, und am Folgetag war alles halb so schlimm – bei wolkenlosem Kaiserwetter.
Wir erlebten «Polo at its best», historisch erstmals auf Schnee, sogar auf einem gefrorenen See, mit orangefarbigen Plastikbällen, die Reto irgendwo aufgetrieben hatte. Ein bekannter deutscher Stammgast fragte mich, warum wir ein Zelt nur für die Pferde, aber keins für die Menschen aufgestellt hätten. Ja, warum eigentlich nicht?
Mittlerweile stehen im Februar gegen 50 Zelte auf dem See, die meisten für die Gäste, «ein Hauch von Persepolis», wie eine Journalistin einmal über die weisse Zeltstadt auf dem St. Moritzersee berichtet hat (Abb. 8).

Eintrag und Schutz des Namens «St. Moritz» als Marke

Der Name St. Moritz hatte schon immer einen besonderen Klang. Dafür gibt es mehrere Gründe. Moritz ist ein alter Name, der auf den heiligen Mauritius zurückgeht. Das war jener schwarze Offizier der thebäischen Legion Roms, der nicht gegen christianisierte germanische Stämme kämpfen wollte. Dafür wurde er um 285 n. Chr. hingerichtet und so für die Christen zum Märtyrer. Der 22. September ist sein Namenstag. Damit ist der Name Moritz den meisten der 1,2 Milliarden Katholiken auf der Welt bekannt – und nicht nur diesen. Der Name des populären Heiligen wurde und wird auf allen Kontinenten für Kapellen, Kirchen, Schlösser, aber auch für Inseln und Ortschaften verwendet, ebenfalls als Geschlechts- und Firmenname. Im Mittelalter galt Mauritius als eine Art Nationalheiliger des Römischen Reichs Deutscher Nation. Die Franken verbreiteten seinen Namen auch in den Alpen, und 1138 wurde der Ort St. Moritz im oberen Engadin erstmals urkundlich erwähnt – im Kaufvertrag des Bischofs von Chur mit den Grafen von Gammertingen. Das kleine Dörfchen San Murezzan lag unterhalb der Kulm-Anhöhe und war bekannt für seine eisen- und kohlensäurehaltigen Mineralquellen südlich des Sees. Diese wurden bereits 1411 v. Chr. mit von Bronzeäxten gefällten und ausgehöhlten Lärchenstämmen gefasst. 1907 wurde diese prähistorische, noch intakte Quellfassung aus dem Moorboden

geborgen. Die Stämme können heute im Forum Paracelsus beim Heilbad besichtigt werden.
Ein alter Name traf also auf einen doppelt so alten Ort – ein idealer Nährboden für eine starke Marke! Der «Rest» war nur noch eine Frage der Kommunikation, des Brandings und Marketings, wie wir heute sagen. Dabei kamen Instrumente und Techniken zum Tragen, die heute Alltag sind, vor 500 Jahren aber völlig unbewusst erfolgten – und wirkten.
Der Legende nach soll der Medici-Papst Leo X. 1519 einen wichtigen Beitrag zum Ruhm der Quellen geleistet haben, indem er jedem Gläubigen, der zur Kirche und Quelle des heiligen Mauritius im Engadin pilgerte, die völlige Absolution versprach. Ein Traum für jeden Kurdirektor!
Ein ebenso wichtiger Förderer war Paracelsus, der dem St. Moritzer Quellwasser 1537 ausgezeichnete Qualität und hohe Heilwirkung zusprach. Und die geweckten Erwartungen wurden offenbar verlässlich und über lange Zeit hinweg erfüllt: «Das Wasser ist gesund. Schwanger wurden Weib, Magd und Hund!», schrieb etwa ein deutscher Landgraf aus seinem Kuraufenthalt nach Hause.
Auf diese Weise entwickelten sich der Name und Ruf des kleinen Orts in einer Weise, die an Bekanntheit die anderen Engadiner Dörfer übertraf und sich dank der Quellen und deren prominenten, oft adeligen Gästen ganz anders entwickelte: St. Moritz wurde einzigartig und unverwechselbar.
Der Erste, der das spürte und das Potenzial des Orts erkannte, war Johannes Badrutt aus Samedan. 1855 eröffnete er mit dem «Engadiner Kulm» das erste Grandhotel der

Hochalpen auf der Schwellenhöhe von 1856 m ü. M. und katapultierte St. Moritz damit in ein neues Zeitalter. Der Rest der Geschichte ist bekannt.

Die von Badrutt und seinen Nachfolgern verfolgten und umgesetzten, ja gelebten Credos und Strategien habe ich anlässlich der Neupositionierung von St. Moritz als «Top of the World» 1987 zu Papier gebracht und seither in etwa 2000 Referaten, Präsentationen, Vorlesungen und dergleichen auf der ganzen Welt bekannt gemacht. Sie können noch heute jeden gut geführten Betrieb und jede solide Marke zum Erfolg führen. Ich komme später auf sie noch ausführlicher zurück.

Was die Zuhörer immer besonders fasziniert, ist die 3425 Jahre alte Bädertradition auf 1775 m ü. M. im abgelegenen Hochtal. Die Quellfassung erfolgte mehr als 200 Jahre bevor Moses mit seinem Volk aus Ägypten zog und fast 700 Jahre vor der Gründung Roms. Aus den St. Moritzer Quellen sprudelt nicht nur das höchstgelegene Heilwasser Europas, sie zählen auch zu den ältesten gefassten Quellen des Kontinents.

Ein wichtiges Erfolgsprinzip von St. Moritz auf dem Weg zur Weltmarke war die Kontinuität in Führung und Strategie. Auf Badrutt, der die Ortsstrategie bis in die 1880er-Jahre prägend mitbestimmte, folgte der junge und weltgewandte neue Dorfpfarrer Camill Hoffmann aus Zürich. Die St. Moritzer wählten ihn 1888 zum Präsidenten des Kur- und Verkehrsvereins, den er bis 1917 mit viel Engagement leitete.

Er erkannte die gewaltigen Möglichkeiten des Winters als «neue» Saison und initiierte wichtige Anlässe, wie die Pferderennen auf Schnee, und gründete unter anderem die Sektion Bernina des Schweizer Alpenclubs (SAC).
Camill Hoffmann war ein Archetyp und Gentleman vom Scheitel bis zur Sohle, mit Frack und Stock samt Silbergriff. Die Mitglieder der evangelischen Kirchgemeinde warfen ihm vor, mehr Zeit und Energie für die Touristen aufzuwenden als für die einheimischen Seelen. Sie hatten sicher recht, doch in einem Ferienort heiligt der gute Zweck auch beim Pfarrherrn manchmal die Mittel.

Ein Jahr nach den ersten offiziellen Olympischen Winterspielen in St. Moritz wählte der Vorstand des Kurvereins 1929 den Skipionier Dr. Walter Amstutz zum neuen Kurdirektor. Dieser erkannte als Erster die wahre Kraft der Marke St. Moritz und gab ihr 1930 zusammen mit seinem Freund und Grafiker Walter Herdeg aus Zürich die richtige Form und Substanz: Sonnensymbol, statt des bis anhin sehr winterorientierten Schneehasens, und der emotional geschriebene, dynamisch-optimistische Schriftzug St. Moritz. Die Sonne liess Amstutz bereits 1937 in vier Varianten beim Eidgenössischen Amt für geistiges Eigentum als Bildmarke eintragen.
Das Signet aus der neuen Wort-Bild-Kombination setzte er nicht wie bisher und andernorts üblich einfach als Markenzeichen ein, sondern formulierte als erster Touristiker überhaupt eine eigentliche Corporate Identity für St. Moritz,

basierend auf Regeln für die Gestaltung, Kommunikation und das Verhalten des Kurvereins.
Die renommierte, in Deutsch und Englisch erscheinende Monatszeitschrift «Gebrauchsgraphik» für visuelle Kommunikation und künstlerische Werbung berichtete 1938 ausführlich über Amstutz' revolutionäre Strategie für einen Ferienort.

Code 4

Als ich gut 50 Jahre später den St. Moritzer Schriftzug von einer Psychologin graphologisch analysieren liess, gab ich ihren Bericht Walter Amstutz weiter. Walter hat sich köstlich darüber amüsiert, was Doris von Werra-Schultheiss aus seinem alten Schriftzug so alles heraus analysierte. Was ihn echt gefreut hat, war das mündliche Fazit der Dame: «Mit jemandem, der so unterschreibt, möchte ich in die Ferien gehen!» Was kann ein Mann und ein Kurdirektor mehr wollen?

1945 wählte der Kurvereinsvorstand Peter Kasper vorerst als Sekretär und bald darauf als Kurdirektor für St. Moritz. Er übernahm die gesamten Design- und Markenvorgaben von Amstutz, der St. Moritz kurz vor dem Zweiten Weltkrieg verlassen hatte, und setzte sie in den kommenden 33 Jahren praktisch unverändert um.
Das ist ein grosser Verdienst Kaspers, der dann seine ganze Energie und Kraft darauf konzentrieren konnte, 1948 die zweiten Olympischen Winterspiele in St. Moritz zum Erfolg und St. Moritz nach dem Krieg wieder auf die Beine zu brin-

gen. Man kann sich heute nicht vorstellen, wie schwierig das war. Mir hat er oft von jener Zeit erzählt. Offensichtlich nahm er auch viel mit Humor, ohne den er damals verzweifelt wäre.
Dazu ein Beispiel, das zentral mit der Marke zu tun hat. Kurz vor der Eröffnung der Olympischen Spiele im Kulmpark kam eine norwegische Delegation ins Gemeindehaus und stellte die imperative Forderung: «Entweder Sie nehmen sofort alle schwedischen Flaggen runter, oder wir Norweger reisen ab und nehmen an den Spielen nicht teil!» Kasper brauchte seine ganze Sprachkunst und Überzeugungskraft, um den Norwegern glaubhaft zu machen, dass die blau-gelben Fahnen die St. Moritzer Farben trugen und nicht jene von Schweden, die zufällig auch blau-gelb sind. Zum Beweis zeigte er ihnen seine Krawatte mit den blau-gelben Streifen und drei St. Moritzer Sonnen – anstelle der drei schwedischen Kronen.

Bei meinem Start in St. Moritz konnte ich auf der exzellenten Markenarbeit meiner beiden Vorgänger aufbauen. Als einzige Präzisierung legte ich Position und Proportion von Sonne und Schriftzug fortan verbindlich fest.

Während der Vorbereitung des Cresta-Jubliäums und des ersten Poloturniers im Winter 1985 reifte die Idee einer Neupositionierung von St. Moritz als Winterparadies anstelle des sommerlichen Heidilands. Zur gleichen Zeit beunruhigte mich der zunehmende Missbrauch des Namens St. Moritz durch Markenpiraten in Europa, Amerika und Asien für Konsumgüter wie Zigaretten, Uhren und sogar Toilettenpapier.

Mein Schulfreund aus Klosters, Hans David Meisser, schaffte dann 1985 tatsächlich das Kunststück, den Ortsnamen St. Moritz in Bern als Marke zu registrieren. Das war eine echte Neuheit, da geografische Namen bislang Gemeingut und damit nicht schützbar waren. St. Moritz war einmal mehr Pionier, und alle wichtigen Wirtschaftsmedien berichteten sehr interessiert und ausführlich darüber: Neue Zürcher Zeitung, Frankfurter Allgemeine Zeitung, Financial Times, Wallstreet Journal und andere.
In St. Moritz hielt sich die Freude allerdings in Grenzen, und der Kurverein hatte nicht vor, für Anwalt, Registrationen und aktiven Markenschutz Geld auszugeben. Also mussten wir für deren Finanzierung einmal mehr andere Wege beschreiten.

«Die Sonne von St. Moritz! Sie strahlt nicht nur über heitere und entspannte Menschen, sie leuchtet über eine der schönsten Landschaften der Welt, deren Linien an sich schon ‹Glück› sind.»

Henry Hoek

«Meine beiden Nachfolger hätten mir und Walter Herdeg kein grösseres Kompliment machen können, als dieses Logo zu gebrauchen, das weltweite Anerkennung fand.»

Walter Amstutz

Top of the World

Der Slogan «Top of the World» ist eine Geschichte für sich. Über Kontakte zum Internationalen Skiverband gelangte ich zu der amerikanischen Marketingfirma International Management Group IMG von Mark Mc Cormack. Sie empfahl uns, die St. Moritzer Marke mit dem Solgan «Top of the World» zu ergänzen und geeigneten Partnern aus der Privatwirtschaft in Lizenz zu vergeben.

Ich gab bereits in Amerika zu bedenken, dass St. Moritz zwar hoch liege, aber nie so hoch wie der Mount Everest oder das Jungfraujoch, das bereits mit «Top of Europe» warb. «Nur ein Schweizer Oberbünzli denkt bei diesem Slogan an Geografie! Für jeden normalen Menschen bedeutet er Spitze und Topqualität», konterten die Amerikaner.

Auch der Kurvereinsvorstand zögerte. Einige verstanden den Slogan nicht; «keine offizielle Landessprache» rügte ein anderer; «zu arrogant» ein weiterer. Mangels besserer Alternativen blieb es aber doch dabei. In wenigen Jahren gelang es uns dann, das komplette Signet mit Sonne, Schriftzug und Slogan in den wichtigsten Märkten als Marke einzutragen und so gleichzeitig die Positionierung als Wintersportparadies zu kommunizieren (Abb. 15).

Irgendwie bekam mein ehemaliger Kommilitone von der Hochschule St. Gallen, Roger Schawinski, Wind von der Sache. In seiner saloppen Art begann er den nächsten «Kassensturz» im Schweizer Fernsehen mit der Ankündigung:

«Fortan sagen die Amerikaner, was in St. Moritz passiert!» Damit war der Teufel los! Die Politiker waren darüber hinaus entsetzt, dass die Markenrechte beim Kurverein lagen und nicht bei der Gemeinde, was sich später übrigens als sehr sinnvoll erwies. Ich setzte mich einige Tage nach Italien ab, bis sich die Lage etwas beruhigt hatte.

Code 5

Die Schweizerische Gesellschaft für Marketing sah das Ganze aus etwas mehr Distanz und verlieh mir noch im gleichen Jahr 1987 ihren Marketingpreis – als erstem und bis heute einzigem Kurdirektor, und zwar für die «systematische und originelle Vermarktung des internationalen Kurorts St. Moritz».

Infolge der gewaltigen Publizität kamen auch bald die ersten Lizenzverträge zustande: mit Pommery für einen St. Moritz-Champagner, mit der Marketinggemeinschaft Deutscher Augenoptiker für Brillengestelle, mit Chopard und später der Swatch Group für Uhren, mit der Rätia Energie, heute Repower, für Ökostrom und so weiter.

Von der Marke St. Moritz und deren weltweitem Schutz profitierte der Ort in dreifacher Hinsicht: Insgesamt hat die Marke dem Kurverein St. Moritz von 1987 bis 2008 etwa zehn Millionen Franken an Lizenzgebühren eingebracht. Die Lizenzverträge hielten die jährlichen Lizenzgebühren fest, die ein Lizenznehmer für die exklusive Verwendung der St. Moritzer Markenzeichen dem Kurverein zahlen musste. Dazu kamen Sponsorengelder, die den St. Moritzer Events zuflossen, die unsere Lizenznehmer als Plattform für ihre Kommunikation benutzten, etwa Omega für die Bobrennen und Rätia Energie für Ökostrom bei den Ski-Weltmeisterschaften 2003.

Drittens profitierte St. Moritz von der Werbung unserer Lizenznehmer in der Welt für ihre St.-Moritz-Produkte. Diese geballte Kommunikation hat St. Moritz und seiner Marke zusammen mit spektakulären Anlässen und anderen Aktivitäten in den 1990er-Jahren gewaltigen Schub verschafft. Der Ort wurde die globale Nummer eins in Premium-Bergferien, der Markenwert stieg gewaltig, die Wertschöpfung und Steuerleistung pro Kopf auch – die Immobilienpreise und Lebenshaltungskosten leider ebenfalls.

Das Fazit: Markenführung ist Chefsache. Alle drei Kurdirektoren zwischen 1929 und 2008 haben ihre Führungsrolle aktiv wahrgenommen und die Marke St. Moritz nicht nur bekannt gemacht, sondern mit grosser Überzeugung, Freude und Begeisterung «gelebt». Wir haben die Marke vom Markt her geführt, nicht vom Stammtisch aus. Den braucht es natürlich auch für die Identität des Orts. Entscheidend ist jedoch der Gast und Kunde. Er zahlt letztlich die Gehälter in einem Ferienort.

Die goldene Sonne von St. Moritz

Die Wahl der Sonne zum touristischen Symbol von St. Moritz war genial. Walter Amstutz hatte in einer Ausgabe des Baedeker-Reiseführers gelesen, dass St. Moritz, auf der Alpensüdseite gelegen, am meisten Sonnentage in der Schweiz zähle, nämlich 322 im Schnitt pro Jahr! Das genügte Amstutz zur Legitimation der Sonne als Unique Selling Proposition (USP) für St. Moritz, also als einzigartiges Verkaufsargument und glaubwürdiges Symbol für den Ferienort.
Und für einen Ferientouristen ist die Sonne tatsächlich ein zentraler Faktor. Sie steht für schönes Wetter, Wärme, braunen Teint, aber auch für Licht, Gesundheit – und dies in allen Kulturen der Welt. Und all diese Dinge symbolisiert die Sonne auf den ersten Blick im Signet von St. Moritz. Unsere rechte Hirnhälfte realisiert sofort: Hier geht es um etwas Erfreuliches – Ferien! Wenn dann die etwas langsamere linke Hirnhälfte noch den elegant geschriebenen Namen St. Moritz liest, weiss der Betrachter: Ferien dort! Und der englische Slogan präzisiert: Spitzenferien für den anspruchsvollen Gast aus der ganzen Welt!
Die Bilder dazu signalisieren ergänzend: Ferien in den Bergen, Sommer und Winter, klare Luft, sauberes Wasser, schön und gesund! Die Sonne bringt das alles auf den Punkt. Seit 1930, 80 Jahre lang unverändert, perfekt mit ansprechendem Sphinxgesicht, gestaltet vom grossen Schweizer Grafiker Walter Herdeg!

Für Walter Amstutz, Peter Kasper, mich und unsere Mitarbeiter war diese Sonne Kult. Wir – und viele Kurvereinsmitglieder – trugen sie täglich im Knopfloch, auf der Krawatte, bei offiziellen Auftritten auch gross in Gold gestickt auf der linken Brusttasche des Jacketts. Ich habe die Sonne sogar statt Wappen in meinem Ring.

In einem kleinen Reglement hielt ich fest, dass die gefragten Sonnen-Anstecknadeln nur persönlich, möglichst gegengeschlechtlich, angesteckt werden dürfen. Sie einfach zu überreichen, aufs Zimmer zu legen oder per Post zu senden, war untersagt, zumal so ein wichtiger Nebeneffekt nicht erreicht wurde: die persönliche Berührung, der «personal touch» mit Augenkontakt.

Auf diese Weise «platzierten» wir im Schnitt gezielt etwa 30 000 «Sünneli» pro Jahr, insgesamt also gegen eine Million in meinen 30 Jahren. Diese persönliche Markenkontinuität hat die Sonnen-Marke St. Moritz geprägt und war in dieser Konsequenz weltweit einzigartig.

Bei meinen vielen Promotionsauftritten vor und mit Branchenleuten, Journalisten, Gästen und anderen half mir die kleine Sonne im Knopfloch auch bei der Kontrolle, ob ich wirklich alle Anwesenden persönlich begrüsst hatte. Natürlich können einem solche Details auch als Spleen und Marotte ausgelegt werden – auch hier heiligt der gute Zweck aber das Mittel.

Marketing-Credos und -Strategien von St. Moritz

Ein Kurdirektor ist auch ein gefragter Referent für alle denkbaren Gelegenheiten. Der Bogen spannte sich von Vorträgen bei Rotary und dem Lions Club bis zu Vorlesungen im grossen Hörsaal der Universität Zürich. Alle wollten die Erfolgsrezepte von St. Moritz kennenlernen und in die Geheimnisse des modernen Tourismusmarketings eingeführt werden. Am Anfang waren mir diese Einsätze eher lästig, befand ich mich doch chronisch in Zeitnot, und St. Moritz ist wirklich abgelegen! Mit der Zeit merkte ich jedoch, dass Vorträge vor erlesenem Publikum eben doch auch wertvolle Werbung sind und nichts kosten. Was ich ebenfalls spürte: je unterhaltsamer und komprimierter ein Referat, umso stärker die Wirkung! Langeweile gibt es bei einem Kurdirektor nicht. Infotainment ist angesagt. Dazu gehörte, gerade im Ausland, immer das Alphorn, auch bei ganz vornehmen Auditorien. Es war immer für eine Überraschung gut.

Wenn es lockerer zuging, kam noch das schiefe Glas vom Glacier Express dazu. Immer setzte ich auch attraktive Farbbilder und Videoclips ein. Es ging ja stets um Ferien – ein extrem emotionales Geschäft!

Inhaltlich drehten sich meine Referate stets um die acht St. Moritzer Marketing-Credos und -Strategien, die der Ort zum Teil schon seit 150 Jahren verfolgt, wenn auch meist unbewusst und ohne entsprechende Satzungen.

Qualität in jedem Angebotsbereich seit 1855
Johannes Badrutt versprach und lieferte seinen Gästen gleich hohe Standards in den Bereichen Qualität, Komfort und Service wie die Grandhotels in Paris und London, diese jedoch inmitten der Natur und Ruhe im Hochtal auf 1856 m ü. M.

Innovation in allen Bereichen seit 1855
Johannes Badrutt eröffnete 1855 das erste Grandhotel der Hochalpen – eine mutige Innovation! Im Jahr 1864 «erfand» er das Konzept von Winterferien in den Bergen, den alpinen Wintertourismus, aus dem sich parallel auch der alpine Wintersport entwickelte. Damit setzte er einen Trend, der wirklich neu war und zuerst die Alpen, später auch andere Bergregionen auf der ganzen Welt erfasste. Und St. Moritz ist dank ihm das Original aller Wintersportorte.
Ebenfalls dank Badrutt brannte 1879 das erste elektrische Licht in der Schweiz – nicht in Zürich oder Genf, sondern im Hotel Kulm in St. Moritz. Es folgten das erste elektrische Tram der Hochalpen zwischen St. Moritz Dorf und Bad 1896, der erste Motorflug über Schweizer Gebiet mit der Start- und Landebahn auf dem gefrorenen St. Moritzersee im Jahr 1909 und ein Jahr später die höchstgelegene und erste elektrifizierte Eisenbahn über die Alpen, die Berninalinie zwischen St. Moritz und Tirano. Im Winter 1928 fanden in St. Moritz die ersten Olympischen Winterspiele statt, dann nochmals im Winter 1948 – die bisher einzigen in der Schweiz.

Diese Innovationen machten den Ort nicht nur bekannt und erfolgreich, sie stärkten immer auch den Namen St. Moritz und machten ihn zu einer zugkräftigen, starken und selbstbewussten Qualitätsmarke, die auch schwierige Zeiten wie die beiden Weltkriege ohne Imageschäden überstehen konnte.

Globale Ausrichtung seit 1855

Badrutt richtete sein Angebot von Beginn an primär auf Gäste aus dem Ausland aus, da der Schweizer Markt für sein «Nischenangebot» zu wenig hergab. London, Paris, Berlin und Mailand waren seine Primärmärkte, später auch Amerika. Die «Ausrichtung auf die Welt» machte aus St. Moritz den ersten globalisierten Bergferienort mit einem kosmopolitischen Flair und Ambiente. Dazu hat später auch Europas höchstgelegener Flugplatz beigetragen, der im nahen Samedan gebaut wurde.

Nischenmarketing seit 1865

Die Amerikaner sagen: «Get big, get niche or get lost!» Was so viel heisst wie: «Mach es mit der Masse – und tiefen Preisen – oder finde eine Nische – massgeschneidert und zu hohen Preisen – oder du bist verloren!»

Johannes Badrutt kannte diesen Spruch damals nicht, handelte aber exakt danach. Er hatte auf der Kulm-Anhöhe neben einem Bauernhof einen Hotelpalast erbaut und brauchte Gäste, um die Gehälter und Zinsen zu zahlen. Er suchte wohlhabende, spendable, aber auch abenteuerlustige

Leute mit Zeit, denn sein Hotel stand in einem abgelegenen Hochtal mit schlechten Strassen und kurzen Sommern.
Seine Preise mussten hoch sein, nur um überhaupt seine Kosten zu decken. Und er spürte schon damals, dass man in den Bergen sein Geschäft nie mit der Masse machen kann wie im Tal. Also blieb die Nische: Um die zu finden und zu füllen, brauchte es Kreativität, und die hatte Badrutt als guter Unternehmer.
Mit einer Wette lockte er 1864 einige britische Sommergäste, im Winter wiederzukommen. Es sei hier viel sonniger, schöner und gesünder als im Nebel von London. Falls es ihnen gefalle, lade er sie auf seine Kosten ein, so lange zu bleiben, wie sie wollten. Gefiele es ihnen nicht, zahle er ihnen die Hin- und Rückreise. Sie kamen und kamen wieder, immer zahlreicher. Auf diese Weise hatte Badrutt seine Öffnungszeit und Einnahmen bald verdoppelt.
Aber nicht einfach so. Der Winter war im Engadin tatsächlich schön, jedoch auch langweilig. Es war überhaupt nichts los – «no action at all!» Badrutt begann deshalb, mit seinen Gästen kleine Ausflüge zu machen, mit Kutschen ins Bad, nach Silvaplana, auf Schlitten nach Celerina und an den See hinunter. Er organisierte mit den Engländern erste Schlittelrennen, aus denen sich die Skeleton- und Bob-Rennen entwickelten
Seine Gäste aus Schottland brachten ihre Curlingsteine mit und organisierten auf der Eisbahn im Kulmpark neben dem Hotel die ersten Curlingmatchs auf dem Kontinent. Andere vergnügten sich beim Eislaufen. Ohne es zu wissen, hatte

Badrutt das alpine Eventmarketing erfunden, das St. Moritz später so berühmt und erfolgreich machen sollte: Pferderennen und Polospiele auf dem gefrorenen See, fünf alpine Ski-Weltmeisterschaften, jährlicher Skimarathon und vieles mehr.
Das sind alles kleine Marktnischen, die Gäste anlocken und faszinieren. Die Veranstaltungen ermöglichen intensive Ferienerlebnisse, und die Gäste haben als Folge eine emotionale Beziehung zum Ort, schwärmen entsprechend zu Hause davon und kommen wieder, oft mit ihren Familien, Freunden und Nachbarn.

Konzentration auf das Kerngeschäft seit 1900
Der langjährige Kurvereinspräsident Pfarrer Camill Hoffmann war mit dem bekannten Arzt Dr. Oscar Bernhard gut bekannt. Als dieser oberhalb seiner privaten Klinik in St. Moritz einen riesigen Neubau plante, um mit der von ihm entwickelten Heliotherapie Tuberkulosekranke aus der ganzen Welt zu heilen, wehrte Hoffmann sich vehement dagegen, sogar von der Kanzel herab. «St. Moritz soll sich ganz auf das Ferien-, Sport- und Kurbadegeschäft konzentrieren und die Heilstätten anderen Orten überlassen!»
Aus heutiger Sicht hatte er sicher recht. Damals wusste noch niemand, dass Tuberkulose bald mit pharmazeutischen Mitteln bekämpft werden konnte und sich die Klinikaufenthalte in den Bergen erübrigten. Hoffmann war überzeugt, dass die Hauptstärke von St. Moritz in seiner Natur lag, die Ferien, Erholung und Erlebnisse ermöglichte, wie sie in der Ebene

oder Stadt nicht machbar sind. Also musste St. Moritz seine knappen Mittel auf diese Stärken konzentrieren und sich im Markt entsprechend positionieren.

Markenstrategie seit 1930

Vater der professionellen Markenstrategie von St. Moritz war Walter Amstutz (Abb. 16). Da Peter Kasper und ich diese übernommen und weitergeführt hatten, konnten wir uns in den 1980er-Jahren bei Gelegenheit zu dritt auch sehr produktiv darüber austauschen (Abb. 10). Die Winterpositionierung «Top of the World» passte uns dreien besser als «Heidiland», wenn sie in ihrer Aussage auch sehr klar und kompromisslos ist. Das entspricht nicht der bescheidenen Art des Berglers und Schweizers. Der ist nicht gerne anders als die anderen und sagt schon gar nie, sein Ort sei Weltspitze. Im Marketing ist eine eindeutige, selbstbewusste Aussage aber Erfolgsvoraussetzung Nummer eins. Überfüllte Märkte und Medienflut verlangen messerscharfe Markenprofile – verlässliche Felsen in der Brandung. Sie schaffen Aufmerksamkeit, Sicherheit und Vertrauen. Und St. Moritz ist bis heute weltweit der einzige Bergferienort, dessen Slogan bekannt ist, weil er klar und seit bald 30 Jahren das Versprechen der Marke St. Moritz verkündet: «Spitzenferien für den anspruchsvollen Gast!» Top of the World eben.

Offensive Kommunikation seit 1978

Die Kommunikation gehört nicht zu den Kernkompetenzen des Schweizers – und des Berglers schon gar nicht. Mehr

Sein als Schein ist hier die sympathische Devise. Wir sind solide und seriös, aber sicher nicht laut.
Die Amerikaner aber sagen: «Es gibt ein Angebot erst, wenn man es kennt!» Und sie haben recht. Gerade in einer so schnelllebigen Zeit wie heute, mit immer rascheren Veränderungen, immer mehr und aggressiveren Konkurrenten.
St. Moritz hat hier mehrere Branchentabus gebrochen und seit Ende der 1970er-Jahre eine offene, oft forsche Kommunikation gepflegt. Basis waren unsere Pressebulletins, die wir nicht einzeln, sondern jeden Monat im «Multipack» von sechs bis zehn kleineren Mitteilungen, Geschichten und Hinweisen den sehr sorgfältig ausgewählten Medien zustellten: stets auf Deutsch, alle zwei Monate auch an englisch-, italienisch-, französischsprachige Empfänger, später alle sechs Monate zusätzlich in Japanisch, Chinesisch/Mandarin, Kyrillisch und Arabisch.
Das war natürlich ein Overkill, kostete aber wenig und bewirkte innerhalb kurzer Zeit ein gewaltiges Interesse für St. Moritz mit unzähligen Folgeartikeln und Besuchen. St. Moritz war während Jahrzehnten in aller Munde, obwohl der Kurverein nur sehr knappe Mittel hatte. Dass das nicht allen Mitbewerbern und auch nicht allen St. Moritzer Leistungsträgern gefiel, war klar und in Kauf zu nehmen. Das Geschäftsleben ist keine Harmonieveranstaltung, sondern ein knallharter Wettbewerb – auch im Ferienbereich.

Strategische Allianzen seit 1980

Auch eine robuste Marke wie St. Moritz braucht starke Partner, wenn sie ihre Position im globalen Ferienmarkt halten und sogar ausbauen will. Der Ort hat gerade mal 5000 Einwohner und ist nicht einmal eine Stadt. Zu jener Zeit verfügte der Kurverein über ein jährliches Gesamtbudget von nur fünf bis sieben Millionen Franken.

Ich arbeitete von Anfang an sehr eng mit der Schweizer Verkehrszentrale und der Swissair zusammen. Der Relaunch und Erfolg des «Glacier Express» begründete eine enge, jahrelange Zusammenarbeit mit Zermatt und den drei Eisenbahnen, insbesondere der Rhätischen Bahn («Bernina Express») sowie später der Reisepost (heute Postauto) für den «Palm Express» ins Tessin. Dazu kamen Kooperationen mit den drei Schwesterstädten und den drei Inselpartnern, insbesondere mit Sylt.

Die Zeit der eigentlichen strategischen Allianzen begann 1987 mit den ersten Lizenzverträgen. Gerade weil die Lizenznehmer aus ganz anderen Branchen kamen, war die Zusammenarbeit mit ihnen oft sehr ergiebig und innovativ. Typisch dafür war die gut 15-jährige Allianz mit dem französischen Champagner-Haus Pommery, aus der unter anderem das erfolgreiche St. Moritz Gourmet Festival hervorging. Ganz anders geartet waren Produkt und Zusammenarbeit mit dem Bündner Energiekonzern Rätia Energie (heute Repower), der das Clean-Energy-Projekt ermöglichte.

Schr speziell war die Partnerschaft mit der Swatch Group. Sie reichte weit in die 1980er-Jahre zurück, als Nicolas

Hayek die Schweizer Verkehrszentrale analysierte und mich einen ganzen Nachmittag lang in seinem Büro darüber befragte. Seine Persönlichkeit, Kompetenz und ausgesuchte Höflichkeit hatten mich überrascht und sehr beeindruckt. Jahre später schrieb er mir einen persönlichen Brief, in dem er die Dominanz der Marken Chopard und Cartier in St. Moritz kritisierte. Ich rief ihn an und erklärte ihm die Situation und unser Lizenzprogramm. Als Chopard kurz darauf die Strategie änderte und die Lizenz freigab, stieg Hayek sofort ein und startete mit der Uhrenlinie «Omega St. Moritz» eine Zusammenarbeit, die bis heute andauert. Sie erstreckt sich über das Lizenzprojekt hinaus auf die Zeitmessung bei der Olympia-Bobbahn, auf deren Weltcup- und WM-Anlässe, auf die Skischule St. Moritz sowie die Omega-Uhren auf den wichtigen Dorfplätzen.

«Wer nicht genau weiss, wohin er will,
der darf sich nicht wundern,
wenn er ganz woanders ankommt.»
Mark Twain

Jeder Tag eine Wundertüte!

Für den Kurdirektor ist jeder Tag eine Wundertüte – sei es vor Ort im Büro oder unterwegs im Markt draussen. Umso wichtiger sind Strukturen und Planung, damit die Tagesziele trotz Überraschungen erreicht und die Prioritäten eingehalten werden können. Knappstes Gut ist die Zeit. Sie liefert die Fixpunkte für den Tagesablauf und die Inhalte. Der Rest ist Disziplin, Stil und etwas Glück.

Nach dem Grundsatz «Carpe diem! – Mach was aus deinem Tag!» bin ich überzeugter Frühaufsteher. Jeden Werktag weckte und weckt mich auch heute das SRF2-Kulturprogramm des Schweizer Radios um 5.40 Uhr mit klassischer Musik. Nach meinen Gymnastikübungen, die sich aus den «Fünf Tibetern», Rückenübungen, Kopf- und Handstand zusammensetzen, nach Dusche und leichtem Frühstück begann der Arbeitstag um sieben Uhr im Keller des Kurvereins mit einer halben Stunde Alphorntraining. Es folgten Tagesvorbereitung und Kaffee in der Ruhe vor acht Uhr. Dann ging es los: Sitzungen, Besprechungen, Besuche, Ortsbegehungen da und dort, Interviews – bis kurz nach zwölf Uhr. Mittagessen und erste Durchsicht der Tageszeitungen genoss ich möglichst in aller Ruhe bei meiner Familie. Nachmittags war ich meist am Diktafon. Es galt, Entscheide des Vormittags umzusetzen, Telex, Faxe, Briefe, später E-Mails zu versenden, Weisungen zu geben, Abklärungen zu treffen,

Journalisten zu kontaktieren und zu empfangen, Gäste zu begrüssen und unter Umständen zu besänftigen, kurz: den Kurverein als «Umsetzungsmaschine» in Gang zu halten (Abb. 12, 13).

Wie und in welchem Rhythmus dies geschah, war eine Frage des Temperaments und der Credos des Kurdirektors. Will ich halten oder angreifen, verwalten oder wirken, Status pflegen oder riskieren? Das sind Fragen der Persönlichkeit und Lebensphilosophie.

Der Kurdirektor ist Chief Executive Officer (CEO) in einer Welt mit vielen Unbekannten, Emotionen, grossen Worten und leeren Kassen. Wer das Pflichtenheft liest und ernst nimmt, sieht rasch: Es ist eine «mission impossible», und er verzweifelt.

Oder er beherrscht die Auftragstaktik und holt aus jeder Situation irgendwie das Beste heraus, fragt sich täglich x-mal, worum es in einem Geschäft wirklich geht, was Ziel, Zeit, Mittel, Prioritäten und Vorgaben sind – und ab die Post! Ich lernte solches Vorgehen in militärischen Manövern und bei CWS International, und ich erfuhr auch, dass immer etwas Glück dazugehört.

Ab 17.30 Uhr starteten die ersten Cocktails, Empfänge, Sitzungen, Generalversammlungen, Begrüssungen und Nachtessen. Wie wichtig die Gäste, Gesprächspartner und Themen auch immer waren, ich versuchte eisern, vor Mitternacht im Bett zu sein. Ohne dieses Prinzip war es kaum möglich, eine Wintersaison bis zum Ende bei voller Kraft und Wirkung durchzustehen.

Bei diesem Zeit- und Leistungsdruck nahm ich in Kauf, dass gelegentlich falsche Entscheidungen getroffen und nicht immer die optimalen Lösungen gefunden wurden. Nur so sind Marktnähe und Innovationen möglich. Wichtig sind Resultat und Wirkung. Wenn diese mit vernünftiger Leistung und geringen Mitteln erzielt werden können, ist es umso besser!

Aber auch so schiebt ein Kurdirektor stets einige mittlere Katastrophen vor sich her, die nicht platzen dürfen. Der Job ist vielseitig und völlig unakademisch.

Die guten Studienabschlüsse in St. Gallen und Zürich halfen wenig und mussten mit Intensivkursen in Zeitmanagement und Rhetorik ergänzt werden. Dass mich da ausgerechnet Pater Albert Ziegler, ein brillanter Jesuit, ausbildete, ist einigen Liberalen in St. Moritz sauer aufgestossen.

Mein Vorgänger Peter Kasper hatte mir empfohlen, die Finger von der Politik zu lassen und keiner Partei beizutreten. Um unabhängig zu bleiben, war ich auch selten am Stammtisch, ging nicht zu den Freimaurern oder ähnlichen Organisationen und Orden. Priorität hatten privat klar die Familie und die Freunde von der Alphorngruppe, vom Freitags-Lunch, Sport und Militär.

Will ein Kurdirektor auf Dauer Erfolg haben – und trotzdem im Sattel bleiben –, muss er Kommunikator und etwas Machiavelli sein. Ich hatte zwar nur etwa 25 feste Mitarbeiter, vertrat gegen aussen aber ganz St. Moritz mit gut 5000 Einwohnern und etwa 100 000 Stammgästen. Letztere haben

zu ihrer Ferienheimat meist eine starke emotionale Beziehung und sind entsprechend sensibel.
Dabei ist der Direktor nicht demokratisch gewählt und legitimiert, wie Behördenmitglieder, sondern vom Vorstand des Kurvereins auf unbestimmte Zeit ernannt. Gut zwei Drittel der St. Moritzer Gäste stammen nicht aus der Schweiz – müssen entsprechend in ihren Ländern «nachbearbeitet» und neu generiert werden. Das ist vor allem in Asien Chefsache und kostet natürlich viel Zeit und Energie. Umso besser können Vertrauen und langfristige Partnerschaften aufgebaut werden, und ohne diese geht es in Asien überhaupt nicht!

Ein Kurdirektor braucht die körperliche und psychische Robustheit eines Schlachtrosses – auf Jahre hinaus! Diese Kraft setzt viel Disziplin, Willen und Kopfarbeit voraus, auch wenn das nicht zum Ferien- und Luxusimage von St. Moritz passt. Mein Rezept dafür war und ist simpel: kein Nikotin, wenig Alkohol, Zucker, Fett, TV und dergleichen. Dafür schlafe ich gern und tief. Die Regenerationswirkung des Schlafs für Körper, Geist und Seele ist für mich entscheidend. Dazu kommen Humor, ein fast pathologischer Optimismus sowie der feste Glaube ans Gute und Positive im Menschen.
Für körperliche Bewegung, Sauerstoff und Ausgleich aller Art ist Sport in der Engadiner Berg- und Seenlandschaft bestens geeignet. Ich verband diese Passion mit den aktuellen Markttrends und unterstützte neue Sportarten, die zu St. Moritz passten, indem ich sie selbst erlernte und ausübte.

Entsprechend glaubwürdig konnte ich dann helfen, diese in St. Moritz zu etablieren: Windsurfen, Polo, Snowboarden, Langlauf- und Inlineskaten, Carven und Biken.

Die Lancierung neuer Anlässe begann meist mit einigen Sitzungen. Dabei waren in der Regel der Vertreter und «Guru» der neuen Sportart oder Eventidee, seine einheimischen Anhänger, Interessenten oder Partner, unser Sportsekretär Martin Berthod und ich an einem Tisch.
Meine Rolle war meist die des Vermittlers, damit es nicht zu Konflikten kam, insbesondere mit den Vertretern traditioneller Events in Sport und Kultur, die junge und riskante Konkurrenz fürchteten: Segeln versus Windsurfen und Kiten, Pferderennen versus Polo, Skifahren und Bergbahnen versus Snowboarden, Wandern versus Biken.
Diese Symbiose von Tradition und Innovation ist gerade in einem geschichtsträchtigen Ferienort wie St. Moritz äusserst wichtig. Cresta, Bob und Pferderennen sind mit ihrer über 100-jährigen Geschichte ganz wichtige Fundamente der St. Moritzer Sport- und Eventgeschichte. Sie sind einzigartig, unverwechselbar, authentisch und verschaffen der Marke St. Moritz jährlich Glaubwürdigkeit, Vertrauen und Bewunderung.
Sie sind aber so stark, dass sie durchaus auch neuen Veranstaltungen als Basis und Fundament dienen können, ohne darunter zu leiden. Jede Neuheit braucht aber viel Mut, Überzeugungskraft und Risikobereitschaft, mithin viel mehr Energie, als einfach bestehende Anlässe zu optimieren.

Darum sind echte Innovationen im Schweizer Tourismus heute so rar.

Trotz aller Bemühungen seitens des Kurvereins gab es auch immer wieder Reklamationen, die direkt beim «Blitzableiter vom Dienst» landeten. Unvergessen ist der Anruf eines italienischen Stammgasts, den meine Assistentin mir weinend weiterleitete, da sie die Sprache offenbar besser verstand als ich. Mir jedenfalls war sein Italienisch zu schnell und laut, um mitzukriegen, worum es dem völlig Ausgerasteten ging. Plötzlich hängte er auf, und meine Dame erklärte mir, dass offenbar regelmässig Skifahrer durch seinen Garten fuhren, weil der viele Schnee den Zaun zu seinem Grundstück zugedeckt hatte. Zwei weitere Anrufe, und ich hatte die Sache vergessen.
Am Folgetag wollte ein Signor Gucci bei mir vorsprechen. Ich empfing einen perfekt gekleideten, sehr liebenswürdigen Herrn, der sich für den Anruf vom Vortag in aller Form entschuldigte – und mir eine wunderschöne Krawatte übergab. Ich nahm sie mit nach Hause, zeigte sie meiner Frau, und diese erklärte mir, wer und was Gucci ist. Die Guccis besassen damals drei Villen am Suvretta-Hang und gehören zu den alteingesessenen Stammgästen von St. Moritz.

Kurt H. Illis Präsident des Luzerner Verkehrsvereins war Georges Bucher, eine Unternehmerpersönlichkeit von hohem Format und Einfluss. Er war Engadiner Stammgast und hatte Freude an der Zusammenarbeit von Kurt und mir.

Ende 1983 schlug er vor, Kurt und ich sollten für zwei Wochen die Sessel tauschen, am besten im Sommerloch, wenn die Medien keine Storys haben. Gesagt, getan! Ich übernahm also Kurts Aufgaben in Luzern, wurde jedoch sicherheitshalber im Hintergrund von ihm begleitet.
Ein halbes Jahr später kam dann Kurt für zwei Wochen nach St. Moritz und übernahm meinen Job – auch ich coachte ihn dabei. Die Journalisten liebten diese Story des Sesseltauschs und liefen uns die Türen ein. Die Publizität war gewaltig, und wir hatten unseren Spass daran (Abb. 14). In der Folge bearbeiteten touristische Fachhochschulen mit ihren Studenten Fallstudien über «Know-how exchange between CEOs on the Job. – Erfahrungsaustausch von Firmenchefs mittels Sesseltausch».

Im Januar 1988 hatten nur gerade das Engadin und einige Täler der Alpensüdseite Schnee – im ganzen Rest der Alpen lag kein Weiss. Das Problem für uns war, dass niemand im Unterland wusste und wahrnahm, dass in St. Moritz Schnee lag. Unsere Pisten waren perfekt, aber leer. Das Geld für eine spontane Kampagne fehlte, die Stimmung im Ort war entsprechend schlecht. Gefragt war eine spektakuläre Aktion, die sofort und wirksam unseren Schnee zum Thema machte – und wenig kostete.
Tino Conrad, St. Moritzer Transportunternehmer, stellte mir einen grossen Lastwagen zur Verfügung. Während dieser randvoll mit Schnee gefüllt wurde, kontaktierte ich Roger Schawinski und bot ihm für Radio 24 diese Story an:

«St. Moritz hat so viel Schnee, dass es locker drei Tonnen davon für die Zürcher übrig hat. Der Kurdirektor bringt ihn am Nachmittag persönlich auf die Gemüsebrücke vor dem Rathaus und lädt die Zürcher Stadträte zum Schneeschaufeln ein, damit die Kinder diesen Winter in der Stadt endlich schlitteln können.»
Roger machte mit. Sein Reporter stieg wenige Stunden später in Chur zu uns in den Lastwagen und berichtete live über den Transport. Entsprechend pompös war dann der Empfang in Zürich. Radio 24 hatte Lautsprecher installiert und befragte verschiedene Mütter und Stadträte, die tatsächlich mit Schneeschaufeln und Schlitten bereitstanden. Nach kurzer Zeit war auch ein kleiner Schlittelhügel präpariert und sorgte für viel Gaudi. Die Publizität der Aktion war stark und hallte noch wochenlang nach, bis über die Grenzen nach Deutschland und Österreich hinüber.
Die Vertreter der Linksparteien kritisierten natürlich die «Energieverschleuderung und Umweltverschmutzung» der Aktion. Ich verteidigte diese mit dem guten Zweck für eine periphere Bergregion, die Schnee hatte und Gäste brauchte. Als Dank für den Schnee und Spass stellte die Stadt Zürich im folgenden Sommer in St. Moritz sieben bunt bemalte Löwen auf zentralen Plätzen auf.

Meine unverzichtbaren Arbeitsinstrumente waren Telefon und Diktafon. Wie wichtig diese waren, realisierte ich bei meinem einzigen Spitalaufenthalt in den drei Jahrzehnten meiner Tätigkeit für den Kurverein. Kurz vor Weihnachten

1990 überwies mich unser Kur- und Bäderarzt Dr. Robert Eberhard mit einem Bandscheibenvorfall ins Spital nach Samedan. Dort lag ich buchstäblich flach, konnte nur noch die Arme und Augen bewegen.
Fünf Wochen war das mein Zustand. Dabei hatte ich jede Menge Probleme am Hals und wirklich keine Zeit für einen solchen Zwischenfall. Dank meiner Frau und dem Kurvereinskader, Telefon und Diktiergerät sowie einem ruhigen Spitalzimmer konnten wir diese fünf Wochen ohne grössere Pannen überbrücken. Das Spital stellte dem Kurverein sogar einen Saal zur Verfügung, in dem er – erstmals in seiner langen Geschichte – eine Vorstandssitzung in Samedan durchführen konnte, zu der ich in meinem Krankenbett hineingefahren kam.
Einmal kam auch der Samedner Gemeindepräsident mit Vertretern der lokalen Mittelschule zu Besuch. Sie suchten einen neuen Rektor, der kompetent auch die neue Höhere Fachschule für Tourismus Graubünden aufbauen sollte. Ich empfahl Thomas Bieger aus Luzern, der in der Folge berufen und nach erfolgreicher Tätigkeit im Engadin später als Professor nach St. Gallen ging und dort einige Jahre danach sogar zum Rektor der Universität St. Gallen gewählt wurde.
Ein weiterer Besucher war der legendäre Giovanni Testa, Gründer der ersten Skischule der Schweiz 1929 und äusserst erfolgreicher Unternehmer in St. Moritz. Wir hatten am gleichen Tag Geburtstag und feierten diesen seit Jahren und bis zu seinem Tod zusammen in seinem Restaurant in der Val Roseg. Er war für mich eine Art beruflicher Grossvater und

hat mir viele Zusammenhänge und Episoden aus der Geschichte des Engadins und des Skisports erklärt.
Nach meiner Entlassung aus dem Spital zeigte Giovanni mir seine zehn Rückenübungen, die er selbst seit 25 Jahren täglich je zehnmal praktizierte und die sicher ein Geheimnis seiner erstaunlichen Beweglichkeit und Gesundheit waren – mit 88 Jahren! Ich habe seine Übungen in meine Morgengymnastik integriert, mache sie noch heute jeden Werktag vor dem Frühstück und kann sie allseits sehr empfehlen!
Eine weitere Gemeinsamkeit teilte ich mit Giovanni: Langeweile, jammern und halbe Sachen waren nicht unser Ding!

Eine typische Geschichte aus meiner Kurdirektorenzeit war auch, als mich eines Sonntagnachts um 22.45 Uhr das Telefon aus dem Schlaf riss. Ein Kontrabassist war aus dem letzten Zug ins Engadin in Bever ausgestiegen – zwei Stationen zu früh. Er wurde in Celerina erwartet, wo für ihn ein Zimmer im Cresta Palace Hotel reserviert war. Mein Anruf im Hotel ergab, dass sie ausgerechnet an diesem Tag keinen Kleinbus oder anderen grösseren Wagen hatten, in dem ein Kontrabass Platz hatte. Der Portier hatte vorgehabt, den Gast samt Instrument zu Fuss am Bahnhof Celerina abzuholen. Auch ein entsprechendes Taxi war nicht zu finden.
Also hiess es für mich: Raus aus den Federn und mit dem eigenen Wagen nach Bever! Ich verstaute die Bassgeige, und der reisemüde Musikus nahm in mein Auto Platz. Auf der kurzen Fahrt nach Celerina zum Hotel ergab sich ein Gespräch über den famosen russischen Alphornbläser Arkady

Shilkloper, mit dem mein Fahrgast am Abend zuvor in Berlin konzertiert hatte. Ein Jahr später reiste der Kontrabassist erneut ins Engadin, diesmal zusammen mit dem Spitzenbläser Shilkloper.

Für St. Moritz auf Reisen

Meine häufige und strapaziöse Reisetätigkeit habe ich bereits erwähnt. Die ersten 20 Jahre war ich meist mit Hoteliers und Kollegen von anderen Destinationen unterwegs, oft auch allein: jährlich mehrmals in Deutschland, oft in Italien und England, jedes zweite Jahr abwechselnd in Nordamerika und Asien.

Dabei kam es immer wieder zu Überraschungen und Improvisationen. Zum Beispiel in Austin, der Hauptstadt von Texas. Im Programm stand ein Liveauftritt in der populären Abendshow eines grossen TV-Studios. Der Moderator stellte mich als «Tourist Manager from Sweden» vor.

Um die Situation zu retten und unseren Gastgeber nicht zu blamieren, präzisierte ich kalauernd, wir kämen nicht direkt aus Skandinavien, sondern «from Switzerland, which is the cosy little country around St. Moritz». Das machte für ihn und seine paar Millionen Fernsehzuschauer die Sache sofort klar, während Alex Meyer vom Hotel Central Plaza in Zürich, der mich begleitete, meine Formulierung nicht besonders lustig fand.

Zu Beginn unserer Schwesternschaft mit Vail in Colorado in den 1980er-Jahren verband ich Promotions- und PR-Reisen nach Nordamerika Ende November oft mit einem Schwesterstadtbesuch über Thanksgiving. Dort wurden die St. Moritzer Hoteliers und ich jeweils vom Bürgermeister und der aktuellen Snow Queen offiziell empfangen, worüber im Fernsehen und in den Printmedien berichtet wurde. Einmal trafen wir im Flughafen Denver eine attraktive St. Moritzer Stammgästin, die ebenfalls gerade nach Vail unterwegs war und gerne am offiziellen Empfang für die St. Moritzer teilgenommen hätte. Da sie aber nicht als Mitglied unserer kleinen Delegation gemeldet war, ernannte ich sie ad hoc zur «Snow Queen of St. Moritz – by appointment», was alle formellen Hürden mit einem Schlag beseitigte.

Bei einem Referat vor grossem Publikum im legendären Hotel Atlantic Kempinski in Hamburg ging alles gut über die Bühne, auch die anschliessende Diskussionsrunde. Da meldete sich eine ältere Dame und dankte mir herzlich dafür, dass ich so langsam gesprochen habe. Es sei ihr noch nie so leicht gefallen, Schweizerdeutsch zu verstehen. Dabei hatte ich mich mit meinem allerbesten Hochdeutsch abgemüht.

Dass meine vielen Reisen und häufige Abwesenheit an den heimischen Stammtischen oft Anlass zu reden gaben, zeigten einige Spitznamen und Sprüche aus jener Zeit, wie etwa «Henry Kissinger der Alpen».
Es wurde auch folgender Witz erzählt: «Warum bückt sich der Papst nach der Landung auf dem Flugplatz immer zuerst zum Boden? Er riecht, ob Danuser schon da gewesen ist.»

Zürich – die grösste Bündner Stadt

Die wichtigste Plattform zwischen der Welt und St. Moritz ist Zürich. Der Schriftsteller Conrad Ferdinand Meyer hat die besondere Affinität zwischen Zürich und dem Engadin in seinem Roman «Jürg Jenatsch – eine alte Bündnergeschichte» sehr schön thematisiert. Diese Verbundenheit dauert fort und hat auch mich stark geprägt.

Schon meine beiden Vorgänger logierten in Zürich jeweils im Hotel Central Plaza beim Hauptbahnhof (jenseits der Limmat). Walter Amstutz ging mit der Eigentümerfamilie Elwert sogar in die Ferien. Peter Kasper empfahl mir das Haus als raren Familienbetrieb in Zürich, und so setzte ich diese Tradition auf meinen Geschäftsreisen fort. Der Elwert-Nachkomme Alex Meyer wurde ein Freund und begleitete mich auf Geschäftsreisen, sein Bruder Robert war mit mir im Militär. Auf dem Dach des Hotels weht bis heute die St. Moritzer Fahne – seit den 1980er-Jahren!

Mit einer solchen Basis kann man in Zürich etwas machen, und das haben wir 30 Jahre lang getan! Noch heute treffe ich meine Partner in diesem Traditionshaus oder drüben im Hauptbahnhof bei Martin Candrian, dem vielleicht grössten Gastro-Unternehmer der heutigen Schweiz – mit hoher Affinität zu Graubünden und St. Moritz.

Nur wenige Schritte vom Bahnhof entfernt ist ein weiterer Traditionsbetrieb, der dem Engadin seit Generationen verbunden ist: das Hotel Gotthard der Familie Manz. Kein anderer Schweizer Kanton kann im Herzen der Wirtschaftsmetropole Zürich eine solche Präsenz und Dichte von erfolgreichen Gastgebern aufweisen wie Graubünden. Kunststück, dass Zürich oft und gerne als «grösste Bündner Stadt» apostrophiert wird.

Ein weiterer Zürcher Freund und St. Moritzer Stammgast ist der Radrennfahrer Ferdy Kübler. Seine grosse Zeit als Spitzensportler liegt weit zurück, doch seine Popularität ist dank seiner Persönlichkeit ungebrochen. Die «SonntagsZeitung» kürte ihn 1999 zum «Schweizer Sportler des Jahrhunderts». Am meisten beeindruckt hat mich, wie passioniert Ferdy während vieler Jahre die St. Moritzer Skischule für Blinde und Sehgeschädigte unterstützte, die die Familie Trivella zusammen mit der St. Moritzer Skischule und dem erblindeten Rino Bernasconi Anfang der 1980er-Jahre ins Leben gerufen hatte. Es war die weltweit erste Schule dieser Art, und sie konnte nur mit Spenden, Beiträgen und Zuwendungen existieren, da die Betreuung der behinderten Skifahrer sehr aufwendig ist (Abb. 11).
Für diese Schule hat Ferdy über viele Jahre nicht nur grosse Beiträge gesammelt, sondern ihr durch seinen Namen und sein volles Engagement auch hohe Bekanntheit und Anerkennung erkämpft. Heute gibt es solche und ähnliche Skischulen in über 20 Ländern.

Infolge der grossen Publizität und einiger touristischer Erfolge landete ich im Fadenkreuz verschiedener Head-

hunter. Kadervermittler Bjørn Johansson, ein Studienkollege von der Hochschule St. Gallen, kontaktierte mich als Erster. Ueli Prager wollte mich als Generaldirektor Marketing für die Mövenpick-Gruppe werben, Hans Imholz etwas später als Nachfolger, und auch als möglicher CEO für Kuoni war ich im Gespräch.
Einige dieser Positionen hätten mich in der Tat interessiert. Aber stets war die Antwort meiner Frau und der beiden Söhne einstimmig: «Du kannst schon nach Zürich, wenn du unbedingt willst. Aber wir bleiben hier und sind in St. Moritz zu Hause.» So blieb ich also im Engadin. Ich bereute diesen Entscheid nie, auch wenn Karriere- und Verdienstmöglichkeiten in der Stadt ungleich attraktiver waren als in St. Moritz. Da mein Beruf mich trotz der stets knappen Mittel und der vielen politischen Querelen unverändert faszinierte, fiel es mir nicht besonders schwer, abzusagen.

1987 sprach mir die Schweizerische Gesellschaft für Marketing im Zürcher Grand Hotel Dolder den jährlichen Marketingpreis zu. Er war mit 5000 Franken dotiert. Da die Val Poschiavo, unser südliches Nachbartal, im Juli des gleichen Jahres von schrecklichen Unwettern und Überschwemmungen heimgesucht wurde, beschlossen meine Frau und ich, das Geld für den dortigen Wiederaufbau einzusetzen. Meine Schwester Ruth führte ja die Lärchennachzucht unseres Vaters weiter und war bereit, für die Preissumme 10 000 Felsberger Lärchen zu liefern. Die Lärchen stehen und wachsen heute in der Val Varuna nordwestlich von Poschiavo.

Prominenz und Schickimicki

Dank seiner Heilquellen war St. Moritz schon vor dem Bau des ersten Hotels Reiseziel von prominenten Gästen aus Deutschland, Italien und der Schweiz. Hans Badrutt, dem langjährigen Eigentümer und Direktor des Badrutt's Palace Hotels, das sein Vater Caspar gebaut hatte, gelang es dann, auch die ganz grossen Stars aus Hollywood nach St. Moritz zu bringen. Das stärkte den Ruf als Nobelort und Treffpunkt der Schönen und Reichen, der St. Moritz auch heute noch anhaftet.
Die zahllosen Filme und Reportagen, die gerade im Winter über St. Moritz publiziert werden, spinnen an diesem Cüpli- und Pelz-Image weiter. Da konnte der Kurdirektor noch so schön Alphorn blasen und authentisch auftreten – ich war letztlich auch Teil des St. Moritzer Glamours. Doch ich hielt den Kontakt zu Jetset und Schickimicki auf einem vernünftigen Mass und agierte nach dem Prinzip: Wer uns vom Kurverein wollte oder Probleme hatte, konnte mit uns rechnen. Insgesamt verhalten sich Prominente wesentlich kultivierter als oft berichtet wird. Am liebsten waren mir die Unternehmer, die mit mir oft fachsimpelten.

Gunter Sachs etwa habe ich als ausserordentlich faszinierende Persönlichkeit in Erinnerung. Er sprach einwandfreien Bündner Dialekt und war stolz auf sein Bürgerrecht von Surcuolm am Piz Mundaun.

Roger Moore luden wir mit seiner norwegischen Frau zum Jubiläum des Gourmet Festival ein. Ich holte ihn auf dem Flugplatz Samedan ab. Der coole James-Bond-Darsteller stieg kreidebleich aus dem Helikopter, den es auf dem Flug offenbar stark durchgeschüttelt hatte.

Grosse und treue Fans von St. Moritz sind Sônia und Willy Bogner. Seit über 50 Jahren produziert Willy jährlich Prospekte, Magazine und Filme über und mit Bognermode im Oberengadin – und steht dabei immer selbst hinter der Kamera. Bessere Botschafter für St. Moritz gibt es nicht!

Bundesrat Adolf Ogi war oft und gerne hier, nicht nur beim Engadin Skimarathon. Er hat mir empfohlen, jeden Morgen regelmässig den Kopfstand zu machen und dabei die Namen der Menschen zu memorisieren, die ich am Vortag kennengelernt habe.

Marc Rich, «King of Oil», war ein liebenswürdiger, äusserst kultivierter Gesprächspartner mit einem sehr schönen Haus am Suvretta-Hang im Nobelviertel von St. Moritz. Hier residieren faszinierende Menschen und Familien aus der ganzen Welt und pflegen ein Ambiente und Kontaktnetz, das in dieser Art und Ausprägung in einer Bergregion wohl einmalig ist.
Ich war zwar ex officio im Vorstand des regionalen Eigentümervereins «Pro Suvretta», doch brauchte ich Jahre, um diese Gemeinschaft halbwegs zu verstehen.

Geholfen haben mir dabei meine lieben Freunde und Nachbarn am Comersee, Maggi und Romano Pedrini. Sie wohnten gut 30 Jahre in der sogenannten «Schah-Villa» oberhalb des Suvretta House und hatten den Überblick über das «big picture» in jeder Saison. Maggi ist von Haus aus Hotelière, Romano war ein begnadeter Schreinermeister und Skilehrer. Beide waren sie zu den legendären Festivitäten des Schahs in Persepolis als Gäste geladen – während die Brigaden von Badrutt's Palace und Maxim's aus Paris in Service und Küche wirkten.

Maggi und Romano hatten mit Kompetenz, harter Arbeit, aber auch mit Charme, Stil und ihrer Persönlichkeit das Vertrauen vieler Stammgäste von Suvretta gewonnen: Fiat-Chef Gianni Agnelli, der Jahrhundertdirigent Herbert von Karajan, der Schah von Persien und seine Frau Farah Diba, um nur einige zu nennen. Die Pedrinis kannten die Szene, waren sprachgewandt, absolut diskret und hatten den richtigen Umgang mit diesen Persönlichkeiten. Und sie berieten mich während Jahrzehnten ohne Mandat und Umstände in vielen heiklen Situationen. Etwa bei Medien- oder Paparazzi-Problemen, Ärger mit Polizei oder Behörden sowie aller Art von Überraschungen.

Als der holländische Kronprinz mit seiner Frau auf Oberalpina oberhalb des Suvretta-Hangs in Ruhe die Flitterwochen geniessen wollte, machten mir im Dorf unten die Fernsehteams und Paparazzi mit penetranter Hartnäckigkeit die Hölle heiss. Dank diskreter Vermittlung von Maggi,

Polizeichef Mario Salis sowie den holländischen Bodyguards fanden wir einen Kompromiss, mit dem alle leben konnten: Das Paar stellte sich auf Corviglia fünf Minuten lang den Kameraleuten für Aufnahmen zur Verfügung, während ich den Reportern im Dorf unten die Interviews gab und Fragen beantwortete – einen ganzen Nachmittag lang. Am Schluss glaubte ich beinahe, selbst ein verliebter Kronprinz zu sein, so viel wollten die Journalisten über die beiden und ihre Liebe wissen. Dabei hatte ich sie selbst nie gesehen und kannte sie nicht einmal von den Klatschspalten her.

Der Kurdirektor im Militär

Während der ersten Hälfte meiner 30 Kurvereinsjahre war ich im Nebenamt Kompanie- und Bataillonskommandant. Die jährlichen Wiederholungskurse mit den Gebirgsfüsilieren waren anstrengend und fanden im Kanton stets woanders statt. Dagegen waren die Ergänzungskurse mit dem Füsilier Bataillon 236 immer in Maloja lokalisiert und etwas für «reifere Gentlemen».
Dabei verfügte die «Kampfgruppe Maloja» in den Manövern über eine gewaltige Truppen- und Feuerkraft: Zu den «grünen» Füsiliereinheiten kamen vier Werkkompanien mit den Geschützen der Festung Maloja, modernsten 12-cm-Zwillings-Minenwerfern, ein Fliegerabwehrzug, eine Trainkolonne mit 15 bis 20 Pferden, in der Summe gegen 1000 Mann in neun Kompanien.
Da St. Moritz in unserem Einsatzraum lag, figurierte der Kurverein einfachheitshalber als «zehnte Kompanie» im Kurierdienst des Bataillons – mit meinem zivilen Stellvertreter Martin Berthod als «Kommandanten». So konnte ich gleichzeitig meine militärischen wie zivilen Führungsaufgaben wahrnehmen und war auch bei Überraschungen schnell zur Stelle. Natürlich gab es dabei auch immer wieder kabarettreife Szenen und Konstellationen.

Bei einem Kompaniegefechtsschiessen in der Val Fedoz hielt unsere Schiesswache eine Gruppe Wanderer auf und empfahl ihr eine andere Routenwahl, da hier scharf geschossen werde. Die Wanderer drohten, sich bei Kurdirektor Danuser zu beschweren. Worauf die Wache trocken bemerkte, der sei hier Übungsleiter und als solcher für Zivilisten zurzeit nicht zu sprechen.

Unvergessen ist auch ein Kaderkurs des Bataillons beim Kraftwerk Löbbia im Bergell. Bei grossartigem Flugwetter tauchte über der Ebene plötzlich der zivile Super-Puma-Helikopter der Firma Helog auf. Deren Geschäftsführer, Leo Caminada, war einer der Kompaniekommandanten und bei uns im Feld. Sofort nahm er mit dem Piloten Kontakt auf. Der landete und besprach sich kurz mit seinem Chef. Leo teilte mir mit, der Heli habe genügend Sprit für einen kurzen Rekognoszierungsflug über das Bataillons-Dispositiv. Das war eine seltene Chance für das Kader, seinen Einsatzraum einmal aus der Luft zu sehen und machte auch militärisch Sinn. Zwei Unteroffiziere blieben als Parkwache zurück, gut 20 Offiziere und höhere Unteroffiziere erlebten einen einmaligen Flug.
Das Ganze hatte ein Nachspiel. Die Flugbegeisterung war grösser als die Geheimhaltung. Jedenfalls erhielt das Regiment Wind davon, und ich in der Folge einen Verweis wegen unerlaubter Benützung eines privaten Fluggeräts und zu riskantem Einsatz des gesamten Bataillonskaders.

Mitten im Bataillons-Dispositiv stand südwestlich von Maloja die Begegnungsstätte Salecina, eine kleine Häusergruppe, in der sich progressive, politisch links stehende

Personen und Gruppen trafen. Es war die Zeit des Kalten Kriegs und der Soldatenkomitees, die die Schweizer Armee abschaffen wollten.

Da traf bei mir ein Befehl ein, nach dem der Divisionskommandant, ein Zweisternegeneral, ausgerechnet bei Salecina eine unserer Kompanien inspizieren wollte. Daran gab es nichts zu rütteln. Wir bereiteten uns vor, stellten Mannschaft und Gerät exakt nach Reglement auf, und schon landet der Helikopter mit Divisionär Cajochen.

Er stieg aus, schaute Richtung Salecina und sah dort mehrere besprayte Leintücher, die während seiner Landung an den Hauswänden fixiert worden waren und ihre Slogans plakativ in die Welt schrien: «Schweiz ohne Armee! – Schnee ohne Kanonen!» Damit trafen sie den Berufsoffizier und mich als Kurdirektor frontal. Der Divisionär drehte sich mit hochrotem Kopf um, stieg wieder in den Heli, und weg war er. Meiner weiteren militärischen Karriere war der Vorfall nicht gerade förderlich.

Das Büro des Kurvereins meldete via Kurierdienst, dass die aktuelle Miss Body Building USA, Heidi Miller, in St. Moritz sei und mich sprechen wolle. Da wir gerade kein Manöver hatten, lud ich sie einfachheitshalber zum Mittagessen mit dem Stab ein, der plötzlich unisono – und gar nicht schlecht – englisch sprach. Heidi war in der Tat eine Wucht und freute sich in ihrer kurzen Begrüssung doch tatsächlich, im errötenden Bataillonskommandanten endlich ihren «Geissenpeter» gefunden zu haben.

Natürlich wurde Heidi von einem Fernsehteam begleitet und brach nach dem Essen zu einem Truppenbesuch auf, wie seinerzeit Marlene Dietrich bei den amerikanischen Soldaten. Die «Schweizer Illustrierte» brachte einen Bericht über die «US-Heidi an der Front», in knappem Bikini zwischen Fliegerabwehrkanone und Heidihütte. Auch diese Geschichte wurde bei der Generalität und in Maienfeld keineswegs gut aufgenommen. Man war «not amused at all!».

Engadin und Comersee

Das Engadin ist ein wunderschönes Hochtal. Es ist ein Privileg, hier zu wohnen und zu arbeiten. Trotz Sonne und der Tatsache, dass das Tal auf der Alpensüdseite liegt, sind die Winter lang, und das Klima ist meist auch im Sommer recht rau. Unsere Wohnung in der ehemaligen Klinik Bernhard liegt auf 1875 m ü. M. – «just a local phone call from heaven», wie die Amerikaner sagen, also ziemlich nahe beim Himmel.

Nach den ersten paar Jahren im neuen Job und Lebensumfeld machten sich bei mir im Büro wie auch zu Hause Verschleiss- und Stresssymptome bemerkbar, die es früher nicht gab und die nicht allein auf Reizklima und Höhenlage zurückzuführen waren. Die Belastung war einfach zu gross: vierköpfige Familie, neuer Beruf, jährlicher Militärdienst, viele Reisen und Vorträge. Es wurde immer schwieriger, abzuschalten, innezuhalten und Distanz zu gewinnen. Ein Kurdirektor kennt keinen Samstag, keinen Sonntag oder sonstigen Ruhetag. Die Saison war lang, vor allem im Winter.

Als sich Anfang der 1980er-Jahre überraschend die Gelegenheit ergab, am oberen Comersee ein Haus zu kaufen, griff ich zu. Meine Familie in Felsberg war gar nicht begeistert und hielt mit allen Negativklischees Italiens dagegen. Trotzdem unterstützte sie uns schliesslich und ermöglichte den Kauf.

Damit wandte sich in der Folge vieles zum Besseren. Ohne dieses kleine Paradies auf der wunderschönen Halbinsel von Piona, 220 m ü. M. und nur knapp anderthalb Fahrstunden von St. Moritz entfernt, hätte ich sicher die 30 Jahre als Kurdirektor nicht ohne grössere Schäden überlebt, und die Familie schon gar nicht.

Ab Frühling 1983 fuhren wir regelmässig über das Wochenende in den Süden und verbrachten fortan auch die meisten Ferien am Comersee: im Mai, August und Oktober, je nach Schulferien. Es mag hier trivial klingen, aber schon allein die Hin- und Rückfahrten waren ein Gewinn für die Familie! Zweimal 90 Minuten zu viert zusammen im Auto – da gab es viel zu berichten, zu diskutieren und zu klären, ohne störende Telefonate, Lektüre oder sonstige Fluchtmöglichkeiten. Im Alltag sah ich meine beiden Buben Marco und Gian Carlo während der Woche ja nur beim Mittagessen oder überhaupt nicht. Dank unseres neuen Domizils am Comersee lernte ich sie besser kennen und konnte wieder ein aktiver Familienvater werden.

Und die Fahrt von St. Moritz zum Comersee ist ja nicht irgendeine Strecke. Sie ist ein Klassiker von den Gletschern zu den Palmen! Hermann Hesse hat ihn als Wanderer erlebt und beschrieben. Im Sommerhalbjahr ist die Fahrt im Postauto entlang den Oberengadiner Seen und durch das Bergell hinunter bis nach Chiavenna ein touristischer Leckerbissen

des «Palm Express». Das hochalpine Engadin sei «mit dem Süden verschwistert», lesen wir allenthalben.
Auf dieser Strecke erleben wir, was das genau bedeutet, nämlich vom Atelier Giovanni Segantinis in Maloja auf 1816 m ü. M. gehts in einer halben Stunde an die italienische Grenze hinunter, vorbei am himmelhohen Albigna-Staudamm, an Vicosoprano und dem Atelier von Alberto Giacometti in Stampa, dem Schloss Castelmur, dem «bacio eterno», dem ewigen Kuss, vorbei an der Nossa Donna, an Soglio und anderen Bergeller Kraftorten. Und bereits nach dem Tunnel «sotto porta», noch vor der Grenze, sehen wir die ersten Palmen, Zypressen und Olivenbäume. In Chiavenna beginnt dann die Ebene und eine andere Welt: eine zum Durchatmen, Entspannen, Entschleunigen, Regenerieren, Leben! Die Kombination Engadin mit Comersee ist für mich das Paradies auf Erden.
Die «Villetta Rivetta» wurde uns zur Ferienheimat im Süden. Wir rodeten die alten, völlig verwilderten Rebterrassen, pflanzten und pflegen heute etwa 50 Palmen, ernten Kiwis, Kakis, Feigen und Orangen. Und wir geniessen den Kontakt zu den Einheimischen sowie der kleinen Bündner Diaspora unserer Nachbarschaft.
Nahezu 300 Jahre, von 1512 bis 1797, gehörten die Valli Chiavenna und Valtellina, die fast zum Comersee reichen, zu Graubünden. Unsere Affinität zu dieser grossartigen Gegend und Bevölkerung ist ungebrochen.

Jubiläen und Nostalgia

Wenn ich im Kurverein kein Geld hatte und doch etwas bewegen wollte, musste ich mir immer wieder etwas einfallen lassen. So machte ich mir etwa die lange Tradition und Geschichte von St. Moritz zunutzen. Beide lassen sich bei passender Gelegenheit trefflich einsetzen.

Solche Gelegenheiten sind Jubiläen aller Art. Sie kosten wenig, müssen aber mit genügend zeitlichem Vorlauf erkannt, recherchiert und zukunftsbezogen interpretiert werden. Je mehr das Jubiläumsthema zur Kernkompetenz des Ferienorts zählte, umso wirkungsvoller haben wir es inszenieren können, und bestenfalls in seinem Sog Neues generiert.

Typisches Beispiel dafür war das 100-jährige Bestehen des St. Moritz Tobogganing Club (Cresta) und die dadurch inspirierte Premiere von Polo auf Schnee im Winter 1985.

Nicht weniger als sieben Jubiläen feierten wir im Winter 1989/90: 125 Jahre alpiner Wintertourismus und Kur- und Verkehrsverein St. Moritz, 100 Jahre Bob- und Golfsport sowie Rhätische Bahn, 75 Jahre Hotelierverein und 50. Grand Prix St. Moritz der Pferderennen auf dem See.

Am wichtigsten war natürlich die Botschaft: St. Moritz ist die Wiege und das Original von alpinen Winterferien und Wintersport! Die Schweizer Verkehrszentrale zog mit und sorgte damit auch weltweit für grosse Resonanz und Wirkung. St. Moritz stärkte so seine Position als Pionier und «first mover», was der Marke zusätzlich Kraft und Glaubwürdigkeit verschaffte.

1985 hatten die Briten beim Cresta-Jubiläum mit alten Plakaten und Retrosujets Werbung gemacht. Damit inspirierten sie uns, für die folgenden Jubiläen ebenfalls im Kurvereins-Fundus auf dem Speicher des Gemeindehauses zu stöbern. Dort fanden wir grossartige Beispiele der Schweizer Plakatkunst, die zum Teil über 100 Jahre alt sind (Abb. 7).
Geholfen und beraten hat uns dabei Marcella Maier, die nach dem Krieg bei Peter Kasper im Kurverein gearbeitet hatte. Später wurde sie erfolgreiche Journalistin, Politikerin und Autorin mehrerer Bücher, darunter das Standardwerk über die St. Moritzer Ortsgeschichte.
Aus unserer Zusammenarbeit bei den alten Plakaten ging letztlich auch die St. Moritzer Dokumentationsbibliothek hervor, die Marcella Maier mit der Gemeinde gründete und die sich für den Ort, den Kurverein und für zahllose Besucher als äusserst wertvoll und nützlich erwiesen hat. Die Töchter von Marcella, Tina Tesfaye und Corina Huber, führten und führen heute ihr Werk mit grossem Engagement weiter.
Angesichts der wunderschönen Nostalgieplakate, die wir gefunden hatten, beschlossen wir 1988, mit den schönsten 13 Bildern einen Jubiläums-Wandkalender im Überformat zu produzieren. Er verkaufte sich so gut, dass er auch post festum noch stark nachgefragt wurde.

Arlette Müller, damals Chefin der Gästeberatung und Information, schnitt das überholte Kalendarium ab und bot die Blätter einzeln an. Da auch diese sich gut verkauften, schlug sie vor, die beliebtesten Plakatsujets im Format 70 x 50 cm nachzudrucken und für fünf Franken das Stück zu verkaufen. Da war eine schöne Marge für den Kurverein drin – und die Plakate gingen weg wie frische Brötchen. Mit dem so erwirtschafteten Geld finanzierten wir den Druck neuer Auflagen und Sujets, nahmen auch solche der Nachbarorte und der Rhätischen Bahn ins Sortiment, sodass dieses bald gut 30 verschiedene Plakate umfasste. Arlette und ihre Mannschaft verkauften Zehntausende von Plakaten. Das spülte Geld in die Kasse und zeigte mittel- und langfristig sehr positive Wirkung im Markt.

Die meisten Gäste und viele Einheimische erwarben die Plakate bei uns am Schalter, sodass nicht einmal Porto- und Versandkosten anfielen. Die Streuung war dennoch weltweit. Dabei half uns das Credo: «Was nichts kostet, ist nichts wert!» Entsprechend sorgfältig behandelten und rahmten die Käufer die stilvollen Nostalgiebilder. Sie hängen heute auf der ganzen Welt und werben mit Gusto für St. Moritz, das Engadin und die Angebote der Rhätischen Bahn – gerade auch als Kontrast zur hyperschnellen Zeit des Internets und der heutigen Lebensweise.

Mit diesen nostalgischen Plakaten hatten wir ganz offensichtlich einen Nerv der Zeit getroffen. Vielleicht auch, weil wir uns in den 1990er-Jahren im letzten Jahrzehnt des Jahrhunderts, ja sogar des Jahrtausends befanden und Rück-

blicke aller Art erschienen. Der Trend war so stark, dass wir die St. Moritzer Basisprospekte bis fast zum Millennium hin nur noch im Nostalgie-Look gestalteten.
Jedenfalls faszinierte die Retro-Orientierung Mitte der 1990er-Jahre unsere Gäste weit mehr, als die Geburt des Internets und die epochale Entwicklung der Informationstechnologie, die die Welt und unser Leben in wenigen Jahren mehr beeinflusste und veränderte, als gut 500 Jahre zuvor Johannes Gutenberg mit der Erfindung des Buchdrucks.
Mit dem Millennium fand die St. Moritzer Nostalgie zwar ein Ende, wirkt in einigen Bereichen aber bis heute nach. Die Reprint-Plakate verkaufen sich weiterhin gut – heute auch übers Internet – und setzen ihre Wirkung im Markt fort.

Die Dokumentationsbibliothek hat sich inzwischen als wichtige und kompetente Anlaufstelle für Medienvertreter und Autoren aus aller Welt bewährt. Ihre Leiterin betreut auch die einzigartige «St. Moritz Design Gallery», die die Gemeinde 2003 mit dem Bau des grossen Parkhauses Serletta zwischen Badrutt's Palace Hotel, dem Bahnhof und dem See eingerichtet hat. Die Bausumme für den Gesamtkomplex mit den etwa 700 Parkplätzen betrug gegen 40 Millionen Franken. Davon setzte die Gemeinde eine Viertelmillion für die Ge-staltung der Galerie ein. Sie verläuft entlang der längsten Rolltreppe der Schweiz, die die Passanten bequem vom Bahnhof und See ins Dorf hinauf- und wieder hinunterbefördert. Der Konzeptauftrag landete auf meinem Tisch. Zusammen mit einer kleinen Fachgruppe und zwei ausgezeichneten Architekten arbeiteten wir einen Vorschlag aus, der realisiert wurde und sich unter der Führung der Dokumentationsbibliothek sehr bewährt hat: In gut 30 schwarz gerahmten, von hinten beleuchteten Plakatvitrinen im Grossformat werden Nostalgieplakate, Fotografien und andere Bilder im Rahmen von saisonalen Ausstellungen gezeigt.

Nicht zuletzt – und damit schliesst sich der Kreis – wird dort zu Jubiläen wie 125 Jahre Cresta Run, 30 Jahre Polo auf Schnee, 20 Jahre Gourmet Festival und British Classic Car Meeting historisches Bildmaterial attraktiv zur Schau gestellt. Auf diese Weise interpretiert die Design Gallery den St. Moritzer Slogan «Top of the World» mit variierenden Themen stets wieder gleich: St. Moritz steht für Spitzenqualität aus Tradition und Innovation!

Und das nicht im stillen Kämmerlein unter Ausschluss der Öffentlichkeit, sondern entlang der St. Moritzer Rolltreppe, die das ganze Jahr hindurch 365 Tage und 24 Stunden am Tag zugänglich ist und jährlich über eine Millionen Passanten transportiert – in einem Ort mit 5000 Einwohnern!

«Glück hat auf Dauer nur der Tüchtige.»
Helmuth Graf von Moltke

Die Kaderschmiede

Im Tourismusgeschäft geht es um Menschen. Und im Ferientourismus wollen die Menschen etwas Schönes erleben – ganz nach ihrem Geschmack, Wunsch und Bedürfnis. Denn die Ferienzeit ist auf wenige Wochen im Jahr beschränkt und geht auf eigene Rechnung. Ferien sind also rar, wertvoll und eine sehr emotionale Angelegenheit. Ferienentscheide sind Bauchentscheide.

Diese Grundsituation stellt ganz spezifische Anforderungen an die Angestellten des Kurvereins. Sie müssen Menschen mögen, gerne auf sie zugehen und mit Passion alles unternehmen, damit «ihre» Gäste in St. Moritz eine besonders schöne Zeit erleben. Kurvereinsleute sind engagierte «Happy Maker» und Berater für Ferienträume.

Entsprechend sorgfältig haben wir bei uns neue Mitarbeiter ausgewählt, gefördert und gefordert. Wenn das gelingt, sind die Mitarbeiter das wichtigste Kapital des Betriebs, wichtiger als alle finanziellen und materiellen Mittel.

Angesichts des hohen Anteils an internationalen Gästen in St. Moritz, war mir von Beginn an klar, dass ich den Kurverein und die Marke St. Moritz vom Markt her führen musste. Diese Marktnähe bedingte viele Reisen in die wichtigsten Gastländer mit entsprechenden Absenzen im Betrieb. Daraus ergaben sich zwingend die wichtigsten Führungsprinzipien: klare Ziele und Prioritäten, konsequente Delegation, sorgfältige Analyse der Resultate und Konsequenzen daraus.

Diese Art Führung konnte auf Dauer nur funktionieren, wenn ich meinem Führungsteam Vertrauen schenkte und Verantwortung abgab. Das ging natürlich nicht ohne Risiken, aber nur so blieben mir die wirklich guten Leute erhalten, dachten sie, ja fieberten sie mit und identifizierten sich mit Job, St. Moritz und Marke. Und wenn mal etwas daneben ging, musste ich halt den Kopf hinhalten und die Verantwortung übernehmen – das ist der Preis für initiative Mitglieder.

Die «Schweizer Illustrierte» geisselte solche Pannen früher mit dem «Kaktus» oder – im Positiven – mit der «Rose» der Woche. Ich habe einige solcher Kakteen kassiert für Dinge, die im Zusammenhang mit St. Moritz oder dem Kurverein passiert sind, ohne dass diese in meinen Verantwortungsbereich fielen. Das gehört zum Job. Mein Trost war jeweils: Nichts ist älter als die Zeitung von gestern.

Wir hatten ein gutes Betriebsklima, und der Erfolg im Markt motivierte sehr, sodass der Kurverein eine vergleichsweise geringe Personalfluktuation aufwies, insbesondere bei den Führungspositionen. Dies ist letztlich entscheidend für eine Marke, die Vertrauen schaffen will und muss, ausschlaggebend für eine starke Identität nach innen und ein gutes Image nach aussen.

Eines meiner wirksamsten Führungsinstrumente war das Staff-Meeting, das wir mit dem Kader jeden Dienstagvormittag durchführten und dessen Protokolle mit Aufträgen und Terminen verbindlich waren. Analog verhielt es sich mit den Vorstandsprotokollen, die ich in der Regel selbst schrieb.

Am ersten Mittwoch jeden Monats trafen sich alle Mitarbeiter und Kader zur Matinee, ein Termin, an dem wir die Protokolle und Kurvereinspläne erläuterten und Fragen aller Art besprachen. Einmal jährlich unternahmen die fünf Mitglieder der Geschäftsleitung eine Fachreise zu einem Mitgliedsort der «Best of the Alps»-Gruppe.
Martin Berthod, 25 Jahre Sportsekretär und mein Stellvertreter, ist St. Moritz bis heute erhalten geblieben. Walter Hafner war sogar über 40 Jahre Magazinchef. Wenn ein Geschäftsleitungsmitglied nach im Schnitt etwa acht Jahren eine Veränderung anstrebte, konnte es auf mein Netzwerk und aktives Engagement zählen. Der Kurverein St. Moritz galt über die Branche hinaus als exzellente Kaderschmiede für Praktiker und Macher.
Ehemalige Mitarbeiterinnen treffen sich seit 20 Jahren regelmässig im Engadin und andernorts als «Kurverein Old Girls». Martin und ich werden jeweils zu den Treffen eingeladen.
Ohne ein derart kompetentes und integres Team wäre mein Job keine Freude gewesen.

Gerade Martin Berthod brauchte Nerven aus Stahl, um alle unsere Ideen und Projekte zu strukturieren und umzusetzen, die wir an den wöchentlichen Staff-Meetings besprachen und entschieden. Wer mit einem grossen Namen wie St. Moritz trotz minimaler Mittel etwas bewegen und das «Top of the Word»-Versprechen der Marke einlösen will, muss gelegentlich mit unkonventionellen Mitteln und

Methoden arbeiten. Auf der Gratwanderung zwischen Innovation und Resignation war Martin der ruhende Pol, der mit seiner Zuverlässigkeit, seinem Organisations- und Improvisationstalent die Versprechen einlöste, die ich und unsere Leute im Markt draussen gemacht hatten. Ohne ihn und sein eingeschworenes Team im Sportsekretariat wäre das Meiste nicht möglich gewesen: Skirennen aller Art, vom Klubanlass bis zu den Ski-Weltmeisterschaften, Snowboard Masters, Windhunderennen, Cricket Matchs und Fussballspielen auf dem See, Windsurf- und Inline-Marathons, British Classic Car Meeting und zahllose weitere Anlässe.

Das British Classic Car Meeting ist ein typisches Beispiel dafür, wie St. Moritz in den 1990er-Jahren neue Events lanciert und langfristig etabliert hat. Die Präsidenten der drei grossen britischen Automarken Rolls Royce, Bentley und Aston Martin wollten in St. Moritz mit ihren Oldtimer Clubs gemeinsam ein Jubiläum feiern. Bevor wir zusagten, klärten wir ab, ob daraus vielleicht auch ein jährlich wiederkehrender Anlass werden könnte. Oldtimer-Automobilvereine führten in St. Moritz immer mal wieder Treffen durch, doch jeder für sich und völlig unsystematisch. Mit Blick auf die hohe und traditionelle Affinität zwischen St. Moritz und den Briten fassten die Präsidenten künftig jährliche Treffen dieser Art ins Auge.
Mit Martin Berthod zusammen bildeten wir ein kleines Organisationskomitee aus lokalen Oldtimer-Fans, die dieses Geschäft kannten, liebten und bereit waren, dafür unent-

geltlich Zeit und Energie aufzuwenden. Ich leitete die erste Sitzung, und das wars für mich. Martin, seine Crew und das Organisationskomitee erledigten den «Rest» und machten aus dem British Classic Car Meeting in wenigen Jahren eine Perle von einem Sommeranlass. Dieser Anlass inspirierte in der Folge noch so manch anderen Organisator, mit seinem Oldtimer-Club nach St. Moritz zu kommen. Seit Jahren gibt es sogar einen Winter-Raid für Classic Cars, der jedes Jahr in St. Moritz Halt macht und viel Sympathie und Publizität generiert.

Martin ist ein Meister und Virtuose in der Handhabe des Schweizer Milizsystems, das auf freiwillige Helfer – romanisch «Voluntari» – baut, ohne die solche Anlässe nicht möglich wären. Und ohne Martin wäre auch meine 30-jährige Zeit als Kurdirektor kaum möglich gewesen.

Piz Matratz

Peter Kasper, mein verehrter Vorgänger, machte mich auf eine Entwicklung aufmerksam, die er als sehr gefährlich bezeichnete: den ungebremsten Bau von Zweitwohnungen im ganzen Oberengadin. Er war seit seiner Pensionierung Präsident der Ferienregion Engadin (FRE) und warnte in dieser Funktion vor einer grossen Bettenburg zulasten der Landschaft und Hotellerie. Der Berner Professor Jost Krippendorf schlug mit seinem Buch «Die Landschaftsfresser» 1975 in die gleiche Kerbe.
Bereits Anfang der 1980er-Jahre hielt ich fest, dass der Kurverein St. Moritz gegen jedes neue Bett sei, das nicht in einer Erstwohnung für Einheimische oder in einem Hotel für Gäste geplant war. Um die bestehenden und neuen Ferienwohnungen professioneller und besser auszulasten und zu bewirtschaften, holte ich damals Bruno Franzens Interhome nach St. Moritz, was für viel Wirbel sorgte. Immerhin, die Vermieter von Ferienwohnungen gründeten daraufhin einen eigenen Verein und nahmen mit zwei Vertretern im Vorstand des Kurvereins Einsitz. Damit waren Dialog und systematische Zusammenarbeit fortan gewährleistet. Das Bauvolumen nahm jedoch weiter zu und erreichte in St. Moritz, einer Gemeinde mit 5000 Einwohnern, in starken Jahren über 100 Millionen Franken, die zum grossen Teil in der Zeit zwischen April und November verbaut wurden, mit entsprechendem Baulärm und Kränen innerhalb der Ferienkulisse.

Im Jahr 1992 schrieb die «Engadiner Post», dass jedes zusätzliche Bett und Auto die Lebens- und Ferienqualität im Tal hinunter drücke. Die Landschaft würde massakriert, die Luft ginge kaputt, der Raum würde eng, der Lärm strapaziere die Nerven von Mensch und Tier. Der Begriff Qualitätstourismus würde zum leeren Wort.

Unter dem Titel «Piz Matratz» informierte ich in meiner «Engadiner Post»-Kolumne «Neues vom Kurverein» fortan periodisch über die rasche Zunahme der Oberengadiner Bettenkapazität. Diese erreichte um die Jahrtausendwende über 100 000 Einheiten. Die Bundesverwaltung führte das Oberengadin als 30. Agglomeration des Landes auf – mit allen Konsequenzen für Infrastruktur, Verkehr, Logistik und Sicherheit. Die effektive Belegung der vorhandenen Betten schwankte zwischen 15 000 im Mai und November sowie 80 000 bis 100 000 zwischen Weihnachten und Ostern.

Als Kurdirektor war mir klar, dass die Engadiner Landschaft einschliesslich Luft, Wasser, Sonne, also die Natur, die Hauptattraktion unseres Tals ist. Erst in dieser einmaligen Umwelt kommen die vom Menschen kreierten Angebote wie Infrastruktur, Service, Anlässe sowie die Marke St. Moritz so richtig zu Geltung und Blüte. Also galt und gilt es, alles zum Schutz und Gedeih dieser Umwelt zu unternehmen. So wurde ich mehr und mehr ein «Grüner», aus voller Überzeugung.

Als es 2005 zur Abstimmung über eine Kontingentierung des Zweitwohnungsbaus im Oberengadin kam, kämpfte ich als einziger der ansässigen Nomenklatura mit den Initianten gegen alle elf Gemeindepräsidenten des Oberengadins und ihre bürgerlichen Parteien. Mit 73 Prozent Ja-Stimmen für die Kontingentierung ging dieser Urnengang in die Geschichte ein. Und die Gegner hatten seither eine saftige Rechnung mit mir offen.

Ich konnte einfach nicht anders! Schon damals hatte das Tal gegen 60 Prozent Zweitwohnungen, einzelne Orte sogar bis zu 80 Prozent. Die Auslastung dieser Wohnungen beträgt im Schnitt nur wenige Wochen im Jahr, die restliche Zeit über bleiben die Betten leer und kalt. Trotzdem wird durchgeheizt. Den Preis dafür zahlen die Natur und die Menschen im erkaltenden Ambiente der Ortszentren.

Wie es anders geht, sehen wir jenseits der nahen Grenze zu Tirol und Vorarlberg mit acht, zwölf und 14 Prozent Zweitwohnungen und entsprechend besserer Gesamtauslastung sowie mittlerweile vielen Schweizer Gästen. Es war ein Teufelskreis, den es endlich zu durchbrechen galt, auch wenn mich das bei Politikern und Unternehmern viel Sympathie und letztlich wohl auch den Job gekostet hat.

«Wer zur Quelle will, muss gegen den Strom schwimmen.»

Hermann Hesse

Mit dem Alphorn unterwegs

Viele Leute meinen, das Alphorn diene mir einfach dazu, eine gute Show abzuziehen. Das war anfangs durchaus der Fall. Nach über 30 Jahren ist aus der damaligen Zweckbeziehung eine fürs Leben geworden. Meine «Swiss Lady» bedeutet mir persönlich viel und beeinflusst meinen Alltag noch heute (Abb. 18).

«Unser» erster gemeinsamer Einsatz war im November 1982 an der Deutschen Reiseakademie in Scottsdale, Arizona, und brachte der Schweizer Delegation erstmals die beste Bewertung aller 30 Präsentationen durch die Teilnehmer ein. Das Alphorn war in der Tat Mittelpunkt unseres Auftritts. Alle Teilnehmer durften auch selbst versuchen, Töne zu blasen. Gut 80 Prozent der Teilnehmer waren Frauen. Sie trafen die Töne in aller Regel besser als die Herren. Eine Riesengaudi mit vielen Sprüchen war die Folge, und die Bünzli-Schweizer waren plötzlich keine Langweiler mehr.
Das Sheraton Hotel in Scottsdale war eine Bungalow-Anlage. Um sieben Uhr früh waren die Akademieteilnehmer und Präsentatoren im Park unterwegs Richtung Frühstück. Ich stieg jeden Tag um diese Zeit auf das Dach unseres Bungalows und begleitete die gegen 500 Teilnehmer musikalisch zum Essen. Kamen TV-Teams oder andere Journalisten, liefen sie den exotischen Tönen nach und landeten unweiger-

lich bei den Schweizern. Wir nutzten unsere «akustische Lufthoheit» weidlich aus.
Fortan war das Alphorn an jeder Reiseakademie dabei, das letzte Mal 2005 in Peking. Dort habe ich auch den offiziellen Gruss des Deutschen Reisebüros an die Chinesen akustisch begleitet – auf der Grossen Mauer.
In Honolulu spielte ich 70-mal «Es gibt kein Bier auf Hawaii, es gibt kein Bier!». In Sydney erklang zur Lancierung des neuen «Palm Express» zwischen St. Moritz und Lugano der berühmte Dreiklang des Postautohorns, ein Ausschnitt aus der Ouvertüre von Gioachino Rossinis Oper «Wilhelm Tell».
Liess das Alphorn sich bei späteren Akademien aus thematischen Gründen nicht in unsere Präsentation einbauen, stand es jeweils vor dem Schweizer Saal bereit, damit die wartenden oder vorbeilaufenden Teilnehmer üben konnten. Das tönte dann eher nach «Serengeti» oder «Duke Ellington» als nach Rossini, sorgte aber für Stimmung und akustische Präsenz der Schweiz.

Seit 30 Jahren begleitet mich nun meine «Swiss Lady» zu jedem Auftritt im In- und Ausland. Inzwischen waren mir manche Gründe für die starke Wirkung des Alphorns klar geworden.
Das augen- und ohrenfällige Instrument von 3,5 Metern Länge und einer Ton-Reichweite von acht Kilometern ist wie eine gute Marke: einzigartig und unverwechselbar. Als Nationalinstrument steht es für die Schweiz und Swissness mit allen ihren Werten: sicher, verlässlich, stabil, vertrauen-

erweckend. Das Alphorn ist echt, authentisch und weckt sofort Aufmerksamkeit, Interesse, Sympathie und Goodwill. Es ist voller Geschichten und «it makes the difference». Andererseits ist es auch sperrig und lästig auf Flugreisen, ist man doch mit einem so grossen schwarzen Ungetüm bei jedem Zoll ein «potenzieller Terrorist».

Alphorn ist Kultur, nicht Kommerz, «Softselling at its best», mit starker emotionaler Wirkung, hohem Erinnerungs- und Wiedererkennungswert. So viel zur Wirkung des Alphorns auf die Zuhörer. Aber es wirkt auch auf den Bläser!
Für mich ist es das beste Anti-Stress-Mittel überhaupt. Seine Schwingungen und Töne reduzieren den Herzrhythmus, wirken mithin ähnlich wie der Duft von Arvenholz. «An Stammtischen aus Arvenholz wird weniger gestritten als an Tischen aus anderem Holz», behaupten die Österreicher. Zehn Minuten Alphorn genügen, um den schlimmsten Stress, Ärger oder sonstigen Frust zu vergessen.
Ich verstehe jetzt auch, warum Nicolas Hayek seinen Kaderleuten nahelegte, ein Musikinstrument zu spielen oder in einem Chor mitzusingen. Musik schafft die Balance zwischen Seele, Geist und Berufsleben.
Das Alphorn sorgte bei mir auch für eine gesunde Bodenhaftung, was gerade beim Kurdirektor eines Nobelorts nötig ist, besteht doch oft die Gefahr des «Abhebens» – mit späterer harter Landung oder sogar Absturz.
Das Alphorn gibt aber nicht nur, es fordert auch: etwa Disziplin zum täglichen Üben, wo immer und in welcher

Verfassung ich auch bin. 20 bis 30 Minuten Üben pro Tag ist das Minimum, wenn es beim Auftritt gut klingen soll! Das gilt insbesondere, wenn wir in der Gruppe spielen.

Der langjährige Polizeichef von St. Moritz, Ruedi Birchler, gründete mit dem Aargauer Bauunternehmer und St. Moritzer Stammgast Urs Fiechter 1991 das «Alphorn-Ensemble Engiadina St. Moritz». Mario Salis, damals Chef der Polizeiregion Südbünden, Urs Brütsch, damals Vizedirektor des Hotels Laudinella, und ich stiessen auch dazu. Seither haben wir zusammen gegen 2000 Konzerte bestritten und feiern 2016 das 25-Jahr-Jubiläum (Abb. 17).

Unvergesslich sind die Auftritte bei den Pyramiden in Ägypten, am Kap der guten Hoffnung sowie auf dem Tafelberg in Südafrika, auf der Grossen Mauer in China und dem Empire State Building in New York.

Zur Eröffnung des Vereinatunnels am 20. November 1999 organisierte unser Ensemble 222 Alphornbläser und zwölf Fahnenschwinger an den beiden Tunnelportalen im Neuschnee, was uns neben grossem Medienecho auch einen schönen Bildeintrag im Guinness Book of Records einbrachte.

Bei der Eröffnung der Ballsaison 2008 in der Wiener Hofburg tanzte Bundesrätin Doris Leuthard mit dem österreichischen Wirtschaftsminister zu unserem Alphornwalzer. Beim Konzert unserer Gruppe am Erntedankfest von St. Pölten waren 35 000 Personen zugegen. Einmalig war auch das Alphornecho in der Grotta Azzurra auf Capri.

In Köln spielten wir mit der grossen Orgel im Dom vor etwa 3000 Zuhörern und später dann sogar ein Echokonzert zwischen Vierungsturm des Doms und dem Dach des benachbarten Nicolai-Hauses. Wie es dazu gekommen war, ist wieder eine typische Kurvereinsgeschichte.

Der deutsche Verleger Hubert Burda schickte mir einen Zeitungsartikel der «Frankfurter Allgemeinen Zeitung» vom 25. August 2007, aus dem hervorging, dass der deutsche Künstler Gerhard Richter im Fextal und im Engadin zu seinem Glasfenster für den Kölner Dom inspiriert worden war. Zwei Monate später erzählte ich diese Geschichte Köbi Gantenbein, Chefredakteur der Architektur-Zeitschrift «Hochparterre». Mit am Tisch sassen auch der Schweizer Architekt Peter Zumthor und seine Frau, die für die Diözese Köln das bekannte Kunstmuseum «Kolumba» realisiert hatten. Ein Wort ergab das andere, und im Februar 2008 fand im über 750 Jahre alten Kölner Dom unter dem modernen Glasfenster von Gerhard Richter unser Alphornkonzert statt.

Die meisten dieser Auftritte erfolgten vor Fernsehkameras und erzielten starke Medienresonanz. Als wichtig erwies sich, dass wir nicht nur langsame Schweizer Choräle, sondern auch vierstimmige Walzer, Polkas, Märsche und Mazurkas spielen.

Legendär sind unsere Bordkonzerte auf Überseeflügen mit der Swiss. In Absprache mit Captain und Cabin Crew sorgen wir jeweils eine gute Stunde vor der Landung für den «Weckdienst». Die Stewardessen öffnen alle Vorhänge zwischen den Abteilen. Wir stellen uns in den Gängen gestaffelt hin-

tereinander auf und beginnen in der Regel mit einem Choral in der ersten Klasse, blasen in der Business Class einen Walzer und in der «Holz-Klasse» jeweils ein bis zwei Polkas. Für die meisten Passagiere ist es das erste Mal, dass sie Alphörner sehen und hören. Meistens erklärt der Captain anschliessend die Bedeutung des Instruments und schwärmt vom Engadin.
Nach einer 1.-August-Feier in Kuala Lumpur fragte uns ein dortiger Journalist zu vorgerückter Stunde, wie wir denn bei uns zu Hause genannt würden. Entweder verstanden wir nicht genau, was er meinte, oder wir nahmen seine Frage nicht ernst genug. Jedenfalls berichtete seine Zeitung anderntags über die «Royal Mountain Tigers from St. Moritz» und deren gewaltigen Hörner. Seither ist uns dieser Spitzname geblieben, nicht immer zu unserem Vorteil. Auf den Programmen und Plakaten eines Kulturfestivals am Gardasee figurierten wir tatsächlich als «Tigri reali di St. Moritz».

Je bedeutender die Auftritte und Konzertorte hinsichtlich der Zuhörer waren, umso seriöser und intensiver mussten wir proben. Einmal die Woche zusammen im Hotel Laudinella und jeder für sich täglich, damit die Lippen weich und der Ansatz präzise bleiben.
Ich selbst übte in meiner Kurvereinszeit jeden Morgen von sieben bis halb acht im Magazin des Kurvereins. Das ging solange gut, bis eines Tages eine Nachbarin anrief und über ein Problem mit einem prominenten Stammgast berichtete. Er habe sich beschwert, dass abends die Kirchenglocken so

laut läuten und in der Früh schon kurz nach sieben Uhr jemand mit konstanter Bosheit Alphorn übe. Ich versprach, der Sache nachzugehen, und übte fortan im Keller. Als ich die Nachbarin einige Wochen später traf, bedankte sie sich für meine Bemühungen; es sei seither alles ruhig, vielleicht sei der Übeltäter ein Gast gewesen und abgereist.

Bei unserem ersten Singapur-Einsatz zum Schweizer Nationalfeiertag Mitte der 1990er-Jahre war unser Repertoire noch klein. Wir mussten die wenigen Stücke so oft wiederholen, dass uns einige richtig zu nerven begannen. Insbesondere Urs, der vor einer erneuten Darbietung der «Bänklialp» plötzlich sein Horn ablegte und protestierte – der erste und letzte Baumeister, den ich im Streik gesehen habe.

Das Alphorn steckt voller kleiner Geschichten, die wir zwischen den Stücken jeweils zum Besten geben. Je weiter weg wir von der Schweiz sind, umso authentischer unsere Geschichten. Wie etwa die von den Schweizer Berglern, die nie ohne ihr Alphorn unterwegs sind: «They wouldn't leave home without it» – in Anlehnung an die American-Express-Card-Werbung in den USA.
Tausendmal erzählt habe ich die Geschichte von den Kühen, die abends mit Alphornklängen zum Melken angelockt werden. Während des Melkens bläst der jüngste Hirte, meist der langsamste Melker, ganz sanfte Melodien als «background sound», damit die Kühe sich beruhigen und entspannen können, denn «as nicer the sound, as more milk, as more

cheese, as more chocolate! – je schöner seine Klänge, desto mehr Milch, Käse und Schokolade!».
Die anwesenden Schweizer, oft Banker und Wirtschaftsvertreter, finden es nicht immer so passend, wenn wir das Alphorn in unseren Sprüchen als eine Art Basis der Schweizer Volkswirtschaft darstellten. Das fremdländische Publikum hingegen mochte diese Lockerheit bei den sonst so trockenen, grundsoliden Schweizern und war fasziniert von so viel Authentizität aus den Bergen.

Bei Überseeeinsätzen um den 1. August herum sind 20 bis 25 Konzertauftritte keine Seltenheit. Nach den ersten Tagen sind die Einsätze, Begrüssungen und Interviews bereits Routine. Ruedi, Leiter unseres Ensembles, erweist sich dabei stets als eigentliches Präsentationstalent, was bei einem Schweizer Polizeichef keineswegs selbstverständlich ist.
Jedenfalls bat ich ihn verschiedentlich, mich auf Promotionsreisen für St. Moritz zu vertreten, etwa in Vietnam, Dubai und Sylt, die ich aus Zeitgründen selbst nicht wahrnehmen konnte. Er hat die Märkte mit Charme und Alphorn für St. Moritz erobert oder zumindest warm gehalten, immer in seinen Ferien, nie im Dienst und natürlich ohne Honorar.

St. Moritz Gourmet Festival

Das erste Lizenzprodukt der Marke «St. Moritz Top of the World» war ein Champagner des Hauses Pommery aus Reims in Frankreich. Dessen engagierter Chef für den Markt Schweiz, Bruno Roncoroni alias «Pommeroni», kontaktierte uns aus eigener Initiative. Wir waren uns rasch einig, und er lancierte bald einen «Pommery St. Moritz». Es war der Beginn einer engen, sehr engagierten Zusammenarbeit.
Brunos neuer Chef und CEO von Pommery, Philippe Graf Pozzo di Borgo, wollte nach einigen Jahren die Präsenz und Plattform von Pommery in St. Moritz verstärken und schlug uns zusammen mit Strategieberater Franz Maximilian Schmitt-Preissler vor, ein neuartiges «Gourmet Festival» zu lancieren. Es sollte jährlich in der Woche zwischen Polo und den Pferderennen, also Ende Januar, stattfinden.
Die Begeisterung der Luxushotellerie hielt sich in Grenzen, aber einzelne Chefs und Gastgeber packten von Anfang an beherzt mit an: Vater und Sohn Hartly und Reto Mathis von der Corviglia, Roland Jöhri vom Talvo in Champfèr, Harry Schrämmli vom Hotel San Gian und weitere.
Pommery war bereit, den Anlass für drei Jahre mit jeweils 50 000 Franken zu sponsern. Ich reiste wieder einmal zu Paul Reutlinger nach Kloten, der mittlerweile Generaldirektor des Swissair-Marketings war. Die Idee des Gourmet Festivals gefiel ihm sofort, und er war bereit, aus einem Fonds, den die Swissair damals zusammen mit American

Express für solche Projekte unterhielt, ebenfalls für die ersten drei Jahre jeweils 100 000 Franken beizusteuern. Er versprach sich davon Aufwertung und Imagetransfers für die Business- und First-Class-Angebote sowie Synergien verschiedenster Art. Michael Pieper, St. Moritzer Stammgast und Eigentümer der Firma Franke, die McDonalds weltweit die Küchen liefert, sagte ebenfalls seine Unterstützung zu. Das Gourmet Festival konnte 1994 starten.

Philippe Graf Pozzo di Borgo, ein passionierter Deltaflieger, war glücklich über diese Entwicklung und segelte nach den Verhandlungen in Halbschuhen und Cashmere-Mantel mit geliehenem Material von der Corviglia auf den gefrorenen See hinunter. Einige Zeit später erfuhr ich von Pommery, dass er in den Pyrenäen mit dem Deltasegler abgestürzt und seither vom Hals an abwärts gelähmt ist. Zwanzig Jahre später wurde sein Leben verfilmt und ein Kinowelterfolg. «Les Intouchables – Ziemlich beste Freunde» ist einer der witzigsten Spielfilme seit dem Millennium.
Die Zusammenarbeit mit dem Hause «Pommery» dauerte gut 15 Jahre bis zu dessen Verkauf. Das Gourmet Festival entwickelt sich prächtig. Jährlich kommen acht bis zehn berühmte Chefs mit jungen Talenten nach St. Moritz und zeigen in den Küchen der Vier- und Fünfsternehotels, was sie können. Die ganze Woche steht im Zeichen der Haute Cuisine und kultivierten Lebensweise – zwei Kernkompetenzen von St. Moritz.

Mit den Jahren ist auf diese Weise ein gewaltiges Netzwerk zwischen den Köchen und Gastronomen, aber auch zwischen Geniesser-Gästen aus aller Welt entstanden. Die Liste der teilnehmenden Grands Chefs des St. Moritzer Gourmet Festivals liest sich wie ein Gotha der Spitzenköche unserer Zeit.

Wie bei erfolgreichen Primeurs üblich, inspirierte auch das Gourmet Festival in der Folge andere Orte zu ähnlichen Anlässen, der Innovator und Trendsetter bleibt aber einmal mehr St. Moritz.

Reto Mathis gründete sogar einen World Gourmet Club, in dem er Gourmet Festivals von Singapur, Sydney, Kapstadt und Las Vegas zusammenfasste. Der Anlass in Singapur geniesst als «World Gourmet Summit» gewaltigen Erfolg und ist ein jährlich wiederkehrendes, kulinarisches Aushängeschild des Inselstaats und seiner Küche. Die dortigen Protagonisten weisen bei Eröffnung und Jubiläen noch heute darauf hin, dass der erste Impuls zu ihrem Mega-Event aus dem schicken St. Moritz in den fernen Swiss Alps gekommen ist.

Clean Energy – saubere Energie

Der Geschäftsführer des Bündner Energiekonzerns Rätia Energie mit Sitz in Poschiavo, Karl Heinz, kontaktierte mich 1998. Sein Handel mit Ökostrom im Ausland wurde in jener Zeit immer wichtiger. Er suchte für diesen einen starken und glaubwürdigen Markennamen, der für hohe Qualität und Berge steht und der auch einen etwas höheren Preis rechtfertigt. «Ich habe dabei an eine Lizenz des Namens St. Moritz gedacht – exklusiv für den EU-Raum», unterbreitete er mir. Natürlich war ich sehr interessiert, zumal der Konzern grundsolide und erfolgreich war. Nur, was ist Strom für ein Produkt? Wir sehen, hören und riechen ihn nicht und rühren ihn auch besser nicht an, er ist weder ein physisches Produkt noch eine Dienstleistung.

Unser Markenanwalt Hans David Meisser aus Klosters klärte alle damit zusammenhängenden Fragen ab und gab schliesslich grünes Licht. Strom ist ein standardisierter Bedarfsartikel der Energie, eine sogenannte «Commodity» wie Benzin. Gemäss Schweizer Markenrecht können dafür Lizenzverträge abgeschlossen werden.

Und wiederum kam St. Moritz zu einem starken strategischen Partner, mit dem wir gerade in Deutschland spektakuläre Projekte realisierten, die viel Publizität und Goodwill schaffen konnten: etwa gemeinsame Auftritte an Europas grösster Energiemesse in Essen oder die St. Moritzer Wochen samt Ökostrom im bekannten Feinkosthaus Käfer in

München. Der Schweizer Ökostrom der Marke «Pure Power St. Moritz» machte in unserem wichtigsten Auslandsmarkt Schlagzeilen. Doch das war nur die eine Seite der Zusammenarbeit.

Mit Gallus Cadonau, dem Schweizer Solar-Guru und langjährigen Geschäftsführer der Umweltstiftung Greina, entwickelten wir die Idee eines gesamthaften Energiekonzepts für St. Moritz. Wir kannten uns von verschiedenen Solarprojekten her und hatten Anfang der 1990er-Jahre gemeinsam gegen die Aufstockung des Lago Bianco auf dem Berninapass gekämpft, die schwerwiegende Folgen für den «Bernina Express» gehabt hätte. Unser damaliger Widersacher war tatsächlich der neue Lizenzpartner Rätia Energie. Mit einem Energiekonzept für St. Moritz bot sich die Möglichkeit, in Sachen Energie und Umwelt touristisches Neuland zu betreten.

Dank des Gesamtenergiekonzepts sollte St. Moritz das begehrte Schweizer Energiegütezeichen erhalten und damit die höchstgelegene «Energiestadt» werden. Gemeinsames Ziel war auch, die bevorstehenden Ski-Weltmeisterschaften 2003 als augenfällige Plattform für erneuerbare Energien zu nutzen und deren Botschaft über die Berichterstattung in der ganzen Welt zu verbreiten.

Gallus stellte ein hochkarätiges Fachgremium zusammen, das sich während einiger Jahre regelmässig in Chur traf, den Verein «Clean Energy St. Moritz» gründete und das Konzept auf die Beine stellte. Das ging nicht ohne Skepsis und Widerstand bei der Behörde in St. Moritz. Schliesslich war

nirgends vorgesehen, dass der Kurverein plötzlich Energiepolitik betrieb. Ausserdem hatte der Ort ein eigenes Kraftwerk mit einer eigenen Energiekommission.
So lehnte der Gemeinderat das erste Gesuch für eine Solaranlage entlang den Schienen der Corviglia-Bahn mit 14 zu drei Stimmen klar ab. Da diese Anlage mit 180 Panels zentraler Teil des Projekts war, riefen wir im darauffolgenden Winter Einheimische und Gäste auf, Patenschaften für einzelne Solarpanels zu übernehmen: 5000 Franken pro Panel, auf dem dann der Name des Paten stand.
Im Frühling stellten wir ein Wiedererwägungsgesuch bei der Gemeinde und präsentierten eine Liste mit gut 150 zum Teil sehr prominenten Paten und damit auch ein Startkapital von 750 000 Franken. Alle anwesenden 14 Gemeinderäte stimmten daraufhin für die Anlage und sprachen sich auch für einen Gemeindebeitrag aus, der wiederum kantonale und nationale Beiträge auslöste. In der Folge wurde St. Moritz dann tatsächlich Europas höchstgelegene Energiestadt mit entsprechendem Bundeslabel und allem Drum und Dran.
Rechtzeitig zu den Ski-Weltmeisterschaften im Winter 2002/03 waren neben den Panels entlang der Corviglia-Bahn auch die Südwestfassaden der Piz Nair Tal- und Bergstationen mit Solarpanels ausgestattet sowie eine Windkraftanlage im Skigebiet direkt neben der Abfahrtspiste auf Munt Murezzan in Betrieb.
Die Idee war, die Alpinen Ski-Weltmeisterschaften 2003 in St. Moritz auch im Energiebereich möglichst umweltfreundlich und nachhaltig zu gestalten. Was den Organisatoren

drei Jahre zuvor mit den Olympischen Spielen in Sydney auf Meereshöhe im Sommer gelang, sollte St. Moritz erstmals analog mit einem sportlichen Grossanlass im Winter und in den Bergen realisieren.

Ich war im Präsidium des Organisationskomitees der Ski-WM für Kommunikation und Nachhaltigkeit verantwortlich und machte mich für diese beiden Bereiche entsprechend stark. Beide sollten sich perfekt ergänzen und gegenseitig stärken.

Die Ski-Weltmeisterschaften wurden in der Tat zu einer wirksamen, für St. Moritz überraschenden Plattform für erneuerbare Energien! Im Dorf weisen grüne Wegweiser zum Ausgangspunkt der «Clean Energy Tour» auf Corviglia, worauf die grossen Nachrichtensender CNN und BBC World TV aufmerksam wurden und weltweit über St. Moritz und sein Nachhaltigkeitsprogramm berichteten.

Auch Rätia Energie leistete einen grosszügigen Beitrag, indem sie für eine halbe Million Franken ganz St. Moritz während der zwei WM-Wochen mit Ökostrom versorgte.

Damit konnten wir uns mit Sydney 2000 messen und hatten über die erfolgreichen Ski-Weltmeisterschaften hinaus der Marke St. Moritz zusätzliche Substanz und Glaubwürdigkeit verschafft. Die St. Moritzer hatten wirksam demonstriert, dass sie nicht nur perfekte Ski-Weltmeisterschaften organisieren können, sondern auch bereit sind, Verantwortung für Natur und Umwelt zu übernehmen.

Vier Monate nach den Ski-Weltmeisterschaften, im Juni 2003, eröffnete Bundesrätin Micheline Calmy-Rey auf

Corviglia bei strahlendem Wetter und Alphornklängen die Clean Energy Tour, die im Sommer von Piz Nair über Corviglia, Heidis Blumenweg und den Schellenursli-Erlebnisweg nach St. Moritz hinunterführt.

Ich war in den Folgejahren bis China und Australien ein gefragter Referent über Nachhaltigkeit im Destinationstourismus.

Alpine Ski-WM 2003

Mein erster persönlicher Kontakt mit einem sportlichen Grossanlass waren 1974 die Alpinen Ski-Weltmeisterschaften in St. Moritz. Die Gebirgsfüsilier Kompanie II/92 wurde für eine Wiederholungskurs-Woche zur Unterstützung der Vorbereitungen für die Weltmeisterschaften ins Oberengadin beordert. Kommandant war Hauptmann Martin von Orelli, der schon bei den Pfadfindern in Chur mein Chef war. Ich war Zugführer mit vier Soldatengruppen.

Tagsüber waren wir Herbert Gorfer zugeteilt, der uns seitens der Organisation und Bergbahnen zeigte, wie wir mit grossen Blechrinnen Schnee auf die Piste verschieben konnten. Nachts bewachten wir mit scharfer Munition die Tal- und Bergstationen der Signalbahn. Die Mannschaft war in den noch nicht ganz fertiggestellten Hochhäusern in St. Moritz Bad untergebracht, das Kompaniebüro im dortigen Kindergarten. Der Einsatz an jenen Ski-Weltmeisterschaften war gut organisiert und ist mir in positiver Erinnerung.

Als ich vier Jahre später zu meiner völligen Überraschung plötzlich Kurdirektor von St. Moritz war, zehrte der Ort in Sachen Publizität und Prestige noch immer vom vergangenen Grossanlass.

Allerdings führte man nur noch sporadisch, zumeist als Ersatzort, alpine Weltcuprennen durch und verlor so den Anschluss an den alpinen «Rennzirkus», wie ihn Wengen und Adelboden im Berner Oberland jährlich pflegen.

Die nächsten Alpinen Ski-Weltmeisterschaften der Schweiz fanden 1987 in Crans Montana statt.
Als Schweizer Kandidat für die 1990er-Jahre hatte sich bereits Laax positioniert, das mit seinem Bergbahnchef Reto Gurtner eine ausgezeichnete Kandidatur vorbereitet hatte. Als Laax trotz des besseren Dossiers gegen das italienische Sestriere verlor, war Reto so verärgert, dass er von einer weiteren Kandidatur absehen wollte.
Bei der Vorbereitung zum Jubiläum «125 Jahre alpiner Wintertourismus in St. Moritz» im Winter 1989/90 war mir aufgefallen, was für eine einmalige Folge und Tradition an alpinen Grossanlässen St. Moritz aufwies: 1928 fanden hier die ersten Olympischen Winterspiele statt, 1934 die ersten Rennen des Internationalen Skiverbands, die rückwirkend zu Weltmeisterschaften erklärt wurden, 1948 die zweiten Olympischen Winterspiele mit integrierten Alpinen Ski-Weltmeisterschaften, später die erwähnten Ski-WM 1974. Diese Serie sollten wir unbedingt weiterführen!
Als ich vom Frust und der Enttäuschung der Laaxer Kollegen erfuhr, bat ich Martin Berthod, der auch im Vorstand des «Skiclubs Alpina St. Moritz» war, alles zu unternehmen, um dessen Kandidaturmandat zu übernehmen. Martin schaltete rasch, traf die Laaxer mit einer Skiklubdelegation 1992 in Thusis und übernahm gewissermassen den Stab. Nun lag der Ball wieder bei uns.
Wir bewarben uns daraufhin dreimal, bis der Internationale Skiverband St. Moritz für 2003 endlich den Zuschlag gab. Da unsere Kandidatur und die Durchführung der Ski-WM

2003 sich für St. Moritz sehr bewährt hatten, insistierte ich darauf, unmittelbar nach den Weltmeisterschaften gleich wieder zu kandidieren, um bis zum nächsten Grossanlass im Ski-Spitzensport nicht wieder eine «Lücke» von fast 30 Jahren zu riskieren. Schliesslich hatten wir jetzt das gesamte Kontaktnetz zusammen, viel Erfahrung und die aktuelle Referenz der perfekten Ski-WM 2003. Die Strategie ging auf, und St. Moritz führt nun die nächsten Alpinen Ski-Weltmeisterschaften 2017 durch. Für die folgende Schweizer Kandidatur hat sich bereits wieder Crans Montana stark gemacht – mit guten Aussichten.

Die Ski-Weltmeisterschaften 2003 waren für St. Moritz ein grosser Erfolg. Zwei Wochen blauer Himmel, alle Rennen pünktlich nach Programm, keine Verschiebungen, keine grossen Unfälle oder Pannen. Dazu war St. Moritz touristisch komplett neu «aufgerüstet» mit modernsten Berg- und Sesselbahnen, Schnee- und Pistenanlagen sowie der weiteren Infrastruktur am Berg bezüglich Sicherheit und Gastronomie.
Im Tal stand ein neues Parkhaus zwischen Bahnhof, See und Badrutt's Palace Hotel, das neue Kempinski Grand Hotel des Bains mit Casino war neu eröffnet und St. Moritz mit dem Energiestadt-Label geadelt.

Anders als in den 1990er-Jahren, als alles erfunden und neu aufgebaut werden musste, verfügt St. Moritz seit der Jahrtausendwende über eine schlagkräftige WM-Organisation

mit bewährten Kadern und Hunderten von gut motivierten, kompetenten Voluntari, die aus dem Tal, aber auch aus der ganzen Schweiz und sogar aus dem Ausland kommen und ihre Erfahrung bei den jährlichen Weltcuprennen einbringen, festigen und weitergeben.
Schon heute steht fest, dass St. Moritz 2028 nicht nur 100 Jahre Olympische Winterspiele feiern, sondern insgesamt auf zwei Olympische Winterspiele und fünf Alpine Ski-Weltmeisterschaften zurückblicken kann. Zu wünschen ist, dass St. Moritz mit seiner intakten organisatorischen und infrastrukturellen Basis weitere solche Anlässe austragen wird.

Natürlich gab es neben allem Erfolg auch Enttäuschungen: Dreimal mussten im Vorfeld der Weltmeisterschaften die operativen Chefs ausgewechselt werden, was jedes Mal für Stress, Unsicherheit und Zusatzbelastung bei allen Beteiligten sorgte. Und das Bündner Stimmvolk lehnte den kantonalen Beitrag von vier Millionen Franken ab. Das war eine bittere Erfahrung. Sogar meine Verwandten in Felsberg sagten Nein zum budgetierten und vom Grossen Rat genehmigten Zuschuss an die «reichen» St. Moritzer.
Aus dieser Erfahrung heraus empfahl ich zehn Jahre später den Initianten der Bündner Olympiakandidatur 2022, unbedingt Laax und das Churer Rheintal in das Veranstaltungskonzept einzubeziehen. «Wir machen keine Kompromisse!», bekam ich als Antwort.

Die Kandidatur wurde vom Bündner Stimmvolk abgelehnt, genau wie der Beitrag für die Ski-WM 2003 und frühere Kandidaturen für Olympische Winterspiele. Wer in einem Kanton mit 150 Tälern keine Kompromisse macht, wird an der Urne immer verlieren. Und eine Volksabstimmung braucht es für Grossanlässe in einer direkten Demokratie immer. Das sollten sich einige Schreibtischtäter endlich hinter die Ohren schreiben.

Die Katastrophe

«Ich habe jetzt einen Partner im Unterland», sagte mir meine Frau im Zug zwischen Samedan und Celerina. Sie war in Samedan überraschend eingestiegen, als ich mich auf der Heimreise von der Deutschen Reiseakademie in Las Vegas befand und aufs Zuhause freute. In Zürich hatte ich, wie nach jeder längeren Auslandsreise, die wichtigste Korrespondenz der vergangenen zwei Wochen erhalten, um sie auf der Bahnfahrt nach St. Moritz durchzusehen.

Die Mitteilung meiner Frau traf mich wie ein Donnerschlag. Ich war völlig perplex, hatte aber keine Zeit für grosse Diskussionen, da ich noch am gleichen Abend mit der Alphorngruppe Albert Gigers neue Langlaufschule eröffnen musste. Die Wintersaison hatte gerade begonnen, und meine Agenda war prall gefüllt.

Nach 35 guten Jahren und absolutem Vertrauen traf mich die Trennung völlig unvorbereitet. Der Fehler lag bei mir, hatte ich in den letzten zwei, drei Jahren, nicht zuletzt wegen der Vorbereitung für die Ski-Weltmeisterschaften, klar zu wenig Zeit und Engagement für die Bedürfnisse meiner Frau gehabt. Während ihr Rhythmus sich nach dem «Ausfliegen» unserer Söhne immer gemächlicher entwickelte, beschleunigte sich meiner stetig.

Sie hatte mich auch mehrmals auf ihren Verdruss und Frust über meine mangelnde Zeit hingewiesen, sogar in zahlreichen Briefen, aber ich nahm das nicht ernst genug. Rückblickend ist mir klar, dass sie für meinen Erfolg in St. Moritz den weitaus höheren Preis gezahlt hat als ich.

Mit der Trennung von meiner Frau verlor ich nach dreieinhalb Jahrzehnten meinen liebsten, besten und wertvollsten Partner. Ohne sie hätte ich die bisherigen 25 Jahre als Kurdirektor nie derart offensiv anpacken und auch nie so viele Rückschläge einstecken können. Sie hielt mir buchstäblich den Rücken frei, half weiter, wenn es nicht mehr ging, und stand in jeder Situation beherzt zu mir.

Die Situation war bitter, aber ich konnte den Entscheid von Ursi verstehen. Ich hoffte nur, dass sie wenigstens einen Partner gefunden hatte, der ihrer wert war. Per Zufall erfuhr ich, dass dieser aus meinem Bekanntenkreis stammte, kurz vor dem 80. Geburtstag stand und mein Vertrauen offenbar bereits seit Monaten krass missbraucht hatte.

Da fiel für mich tatsächlich die Welt zusammen. Ich geriet privat völlig von der Rolle: Ich fand keinen Schlaf mehr, nahm ab bis zum «Rekrutengewicht», verlor total mein Urvertrauen, meinen Humor und Optimismus.

Dabei lief die Saison auf Weihnachten und Neujahr zu, ich war täglich an der Front bei Gästebegrüssungen, Eröffnungen, Cocktails, Alphorneinsätzen und dergleichen. Gleichzeitig war ich emotional im freien Fall, traute niemandem mehr und schottete mich privat völlig ab. Ohne meine beiden Söhne (Abb. 19), meine engsten Freunde, die Loyalität meiner Mitarbeiter und Nachbarn hätte ich die folgenden Monate nicht überstanden, ohne bei Gästen und Partnern negativ aufzufallen.

Ein Kurdirektor ohne Urvertrauen, der nicht mehr freudig auf seine Mitmenschen zugeht, sie motiviert und ihnen Schönes präsentiert, ist eine traurige Gestalt. Ich lernte, meinen üblen Gemütszustand zu kaschieren und deckte mich über die Ohren mit Arbeit ein. Privat war ich aber für drei Jahre weder kontakt- noch beziehungsfähig, weil ich total verunsichert war.

In jenem Dezember 2003 war ich mit meinem Seelenschmetter keineswegs allein. Innerhalb weniger Tage und Wochen «erwischte» es einige gute Freunde ebenfalls: den Bäderarzt, den Polizeichef – alle nach 25, 30 und mehr Ehejahren. Es war eine Art Epidemie! Als auch Claudio Bernasconi vom Hotel Waldhaus am See unser Schicksal teilte, entschieden wir spontan: Ab sofort ist am Freitagmittag das «Waldhaus» unsere gemeinsame neue «Futterstelle». So entstand der mittlerweile legendäre «Lunch der einsamen Herzen», der nach gut drei Jahren, als wir alle wieder «platziert» waren, in «Lunch der Happy Few» umbenannt wurde und seit über zehn Jahren regelmässig ein Höhepunkt der Woche ist.

So ging das Leben für alle von uns weiter. Als gutes Rezept gegen Seelenschmerz erwiesen sich die Arbeit und der Angriff neuer Projekte, die mich auf andere Gedanken brachten.

«Glücklich ist, wer vergisst, was nicht zu ändern ist.»
Operette «Die Fledermaus» von Johann Strauss II

Die Venedig-St. Moritz-Connection

Venedig war für Bündner seit jeher ein besonderer Ort. Bereits im 16. Jahrhundert verkauften Engadiner Bergbauern Käse, Wurst und Kräuter auf den Brücken der Lagunenstadt. 1651 führten die Familien von Albertini aus La Punt und Jenatsch aus Samedan das grösste Spirituosengeschäft Venedigs, und die von Plantas residierten unweit des Dogenpalasts. 1725 gab es über hundert Bündner Läden in der Markusstadt, meist reformierte Zuckerbäcker. Das waren für die katholische Republik Venedig und ihr Gewerbe zu viele. Sie erneuerten 1766 den Allianzvertrag mit den Drei Bünden nicht mehr, und die Bündner mussten die Stadt verlassen. Auf diesem historischen Hintergrund beruht die aktuelle Venedig-St. Moritz-Connection.

Im Juni 2004 referierte ich im Salzburgerland über nachhaltigen Destinationstourismus. Anwesend war auch der Leiter des Bündner Amts für Verkehr, Werner Glünkin. Er hatte ein Problem mit Südtirol, das im Mai 2005 (5.5.2005) die neue Vinschger Bahn von Meran nach Mals eröffnen sollte. Chur wollte von Beginn an eine Postautolinie Mals–Müstair–Zernez betreiben, doch die Verantwortlichen in Bozen beantworteten die Anfragen nicht.
Ich war interessiert an dieser Strecke, stellte sie doch endlich die Verbindung von Graubünden bis nach Venedig für den öffentlichen Verkehr sicher. Aber auch meine Briefe wurden

nicht beantwortet. Da schaltete ich Verleger Hanspeter Lebrument ein, der mir einst seinen Berufskollegen Dr. Michel Ebner, Inhaber und Geschäftsführer des Athesia Verlags in Bozen, vorgestellt hatte. Und über diese Verlegerbeziehung klappte es dann.

Kurz vor Weihnachten 2004 fuhr eine starke Bündner Delegation samt romanischem Fernsehteam nach Bozen. Die Sitzung fand beim dortigen Athesia Verlag vor laufender Kamera statt. Landrat Thomas Widmann und seine Chefbeamten winkten die Anträge seiner Bündner Verkehrskollegen durch, und nach anderthalb Stunden war die Postautoverbindung gesichert: Bewilligung, Defizitgarantie, Fahrpläne, alles. Ein Rekord für italienische und Schweizer Verhältnisse!

Beim anschliessenden Abendessen mit den Vinschgauer Hoteliers und Touristikern zeigte sich, dass diese alle gegen die neue Bahn waren und eine Autobahn vorgezogen hätten. Aber Landeshauptmann Luis Durnwalder und die «Freunde der Eisenbahn» hatten sich durchgesetzt. Und die Vinschger Bahn wurde ein voller Erfolg. Bereits im dritten Betriebsjahr wies sie über eine Million Passagiere auf, 2013 waren es bereits zwei Millionen. Auch die Postautoverbindung über den Ofenpass wies mit fast 50 000 Passagieren pro Jahr eine gute Auslastung auf. Und wir im Oberengadin konnten die Venedig-St. Moritz-Tour auf den Weg bringen (Abb. 20)!

An der Verbindung von St. Moritz mit Venedig faszinieren mich verschiedene Aspekte. Einmal sind es die beiden Orts-

marken, die weltweit bekannt und begehrt sind und jede klar für etwas steht: St. Moritz für Natur, Berge, Sport, Glitzer und Glamour; Venedig als Hochburg für Kultur, Kunst, Meer, Geschichte und Grandezza. St. Moritz gehört als zweifacher Austragungsort der Olympischen Winterspiele zur globalen Champions League des Sports, Venedig als UNESCO-Weltkulturerbe zu jener des Kulturtourismus. Und St. Moritz zählt als Ausgangspunkt der Albula- und Berninastrecke der Rhätischen Bahn selbst auch zu einem UNESCO-Welterbe.
Trotz dieser Gemeinsamkeiten könnten die beiden Orte unterschiedlicher nicht sein. St Moritz, 1856 m ü. M., 5000 Einwohner und circa 300 000 Besucher im Jahr; Venedig, eine Insel- und Lagunenstadt auf Meereshöhe, 60 000 Einwohner im historischen Zentrum, über 20 Millionen Besucher im Jahr!

Zwischen Venedig und St. Moritz liegt eine touristisch attraktive Strecke mit nicht weniger als sieben UNESCO-Welterben: Venedig selbst, Padova, Vicenza, Verona, Dolomiten, Müstair, Albula/Bernina-Bahnstrecke. Dazu durchfährt der Reisende auf dieser Route das UNESCO-Biosphärenreservat Val Müstair und den Schweizerischen Nationalpark. Die Fahrt dauert mit dem Auto fünf, mit dem öffentlichen Verkehr acht Stunden.
Die Grundidee der Venedig-St. Moritz-Tour ist denkbar simpel: Die wunderschöne und einmalige Route mit all ihren Attraktionen in Natur und Kultur sollte so von dem jährli-

chen 30-Millionen-«Touristenkuchen» Venedigs und seiner UNESCO-Nachbarorte ein schönes Stück nach Graubünden ins Engadin locken. Die Lancierung der Venedig-St. Moritz-Tour wurde vom Interreg-Fonds der Europäischen Union und der Schweiz unterstützt und diente auch der später von mir konzipierten «GranTour between Venice, St. Moritz, Matterhorn» als Basis.

«Was du nicht willst, dass man dir tu,
das füg auch keinem andern zu.»
«Goldene Regel»

Die Ablösung – ein Schmierenstück

Es gibt viele gute Gründe, einen CEO nach 30 Jahren abzulösen – auch in St. Moritz, wo Führungskontinuität hochgehalten wird und man die 80 Jahre von 1929 bis 2008 mit nur drei Kurdirektoren abdeckte. Nachdem der Wechsel von Peter Kasper 1978 sehr professionell vonstattenging, und Peter mir seine Erfahrung und Kontakte noch während Jahren weitergegeben hat, erwartete ich eine ähnlich zweckmässige Übergabe in meinem Fall. Das genaue Gegenteil trat ein.

Im November 2005 beschloss das Oberengadiner Stimmvolk, das Marketing von St. Moritz und dem Oberengadin zusammenzulegen und von einer neuen Destinationsorganisation ausführen zu lassen. Das angenommene Kreisgesetz legte Zweck, Organe und Beitragsschlüssel der Gemeinden fest, über den jährlich ein Budget von 15 Millionen Franken zusammenkommt – gut doppelt so viel, wie dem Kurverein St. Moritz in seinen besten Jahren zur Verfügung stand.
Ich befürwortete den Zusammenschluss, weil er Doppelspurigkeiten vermeiden, Synergien schaffen und dem Tourismus im Tal mehr Finanzmittel bringen konnte, die sich konzentriert einsetzen liessen.
Die Verantwortlichen der neuen Organisation trugen mir für die Übergangszeit den Posten des CEO der neuen Destinationsorganisation an, um eine gewisse Sicherheit und Kontinuität zu gewährleisten, bis alle Schlüsselstellen besetzt

waren und die Organisation funktionierte. Ähnlich waren seinerzeit auch die Destinationen Gstaad Saanenland und erst kurz zuvor Davos Klosters vorgegangen.
Plötzlich teilte mir jedoch der Gemeindepräsident von Samedan mit, dass im Kreisrat die Meinung vorherrschte, nicht den Präsidenten und zugleich den Kurdirektor von St. Moritz in die neue Organisation zu übernehmen. Da die Oberengadiner Gemeindepräsidenten seit der Zweitwohnungsabstimmung von 2005 mit mir eine Rechnung offen hatten, war absehbar, dass jetzt die Retourkutsche kam.
Die St. Moritzer Hoteliers beschlossen in einer turbulenten Versammlung, dass ich mich für die CEO-Stelle offiziell bewerben müsse, wie andere Interessenten auch. Also bewarb ich mich auf die ausgeschriebene Stelle. Nach dieser Generalversammlung galt ich allerdings als «nicht wählbar». Warum, weiss ich bis heute nicht.
Auf das Stelleninserat (Abb. 6) reagierten offenbar zu wenig passende Kandidaten, sodass der Posten später im Berufungsverfahren besetzt werden musste.

Meine folgende «Entsorgung» war ein für St. Moritz unwürdiges Schmierenstück, das sich bis Ende Oktober 2008 hinzog. Die Verantwortlichen handelten dilettantisch, schäbig und stillos.
Dilettantisch, weil sie die Markterfahrung und das weltweite Netzwerk von mir nicht sicherten. Wer einem Kurdirektor 30 Jahre lang vertraut und durch seine Verbindungen ein weltweites Netzwerk zur Verfügung hat, sollte nicht plötz-

lich wieder bei null oder sogar minus beginnen müssen – mit komplett neuen Leuten in einem komplexen Markt!
Die neue Organisation hat kein einziges meiner ausgezeichneten Kadermitglieder übernommen, damit viel Know-how verloren und im Markt Kopfschütteln ausgelöst. Die Verantwortlichen haben einen gut funktionierenden Betrieb zerschlagen und seither mit zweistelliger Personalfluktuation zu kämpfen. Zweistellig sind entsprechend auch die Frequenzverluste, die inzwischen eingefahren wurden.
Schäbig war die Ablösung, weil die Verantwortlichen mich nach 30 Jahren Arbeit mit einer zweistelligen Rentenkürzung in Pension schickten. Um diese Renteneinbusse zu vermeiden, musste ich innerhalb einer Woche einen sechsstelligen Betrag auftreiben, von dem der Kurverein nach Rückfrage weniger als ein Viertel übernahm. Gute Freunde halfen mir mit privaten Darlehen.
Zur Erinnerung: Seit 1987 hatte ich St. Moritz allein an Lizenzgebühren zehn Millionen Franken eingebracht. Dazu kamen Sponsorengelder, die wir für neue Anlässe sammeln mussten, so zum Beispiel die halbe Million für die ersten drei Gourmet Festivals. Ein Teil der Lizenzverträge lief über meine Ablösung hinaus und generierte jährlich viel mehr Einnahmen, als die einmalige Deckungslücke meiner Pension ausmachte. Geld wäre also vorhanden gewesen, es fehlte am guten Willen.
Dieses Verhalten dem langjährigen Kurdirektor gegenüber hat Gäste und Mitarbeiter vor Ort irritiert und der Marke St. Moritz geschadet.

Stillos war die Kündigung in der üblen Art und Weise, wie ich nach all den Jahren abserviert wurde. So gab mir der Präsident des Kurvereins zwischen Tür und Angel die Adresse eines St. Moritzer Outplacement-Spezialisten/Personalberaters, den ich nun wohl benötige. Dessen Stundenhonorar betrug 400 Franken. Ein finanzieller Beitrag des Kurvereins hierfür war nicht vorgesehen.

Insgesamt erlebte ich bei der Auflösung meiner Funktion und Stelle einen unseligen Mix aus überholter Patron- und Passräubermentalität. Man «bewirtschaftet» die Mitarbeiter, solange sie etwas hergeben, und «entsorgt» sie dann möglichst günstig.

Ich war und bin enttäuscht von meinen ehemaligen Kollegen, mit denen ich zum Teil jahrzehntelang im Vorstand des Kurvereins und anderen Gremien zusammengearbeitet habe. Fazit: viel Opportunismus und Eigeninteressen, wenig Charakter und Integrität mir gegenüber.

«Wenn du meinst, es geht nicht mehr,
kommt irgendwo die Sonne her.»
Spruch von Hugo Ivo Rütimann

Das Glück ist zurück

Privat waren die drei Jahre 2004 bis Anfang 2007 eine schwierige Zeit. Nach 35 Jahren «Vollpension» lebte ich jetzt eine Art «à la carte», aber sehr zurückhaltend und asketisch.

Im Juni 2005 fand auf der Diavolezza ein kleines Symposium statt. Anlass waren die beiden Jubiläen «75 Jahre geologischer Atlas der Schweiz» mit den neuen Karten «Bernina» und «St. Moritz» sowie «75 Jahre Glacier Express St. Moritz–Zermatt».

In der Diavolezza-Gondel plauderte ich gerade mit Katharina von Salis, als sich mir Amelie-Claire von Platen vorstellte. Ich machte die beiden Damen «von» miteinander bekannt und stellte mich dann keck als «Danuser von Felsberg» vor! Katharina fand das lustig, Amelie nicht besonders. Sie war neu im Kulturmanagement des Hotels Laudinella und kannte noch niemanden in St. Moritz.

Ihre Mutter hatte ihr deshalb empfohlen, mal zu schauen, ob es den Kurdirektor Danuser noch gibt, und ihm Grüsse auszurichten. Clarissa von Platen hatte mich Ende der 1970er-Jahre als Journalistin beim Windsurf-Marathon kennengelernt. 1997 traf ich sie als Chefredakteurin des Magazins «Mainau Inselpost» bei den kulinarischen St. Moritz-Wochen auf der Blumeninsel wieder, die wir mit Roland Jöhri und dem Alphorn-Ensemble auf der Bodenseeinsel eröffneten.

Mich freute natürlich, dass ich Clarissa offenbar in guter Erinnerung geblieben war und lud ihre Tochter Amelie in der Folge zu dem einen oder anderen Anlass ein. Es entwickelte sich eine lockere Freundschaft ohne weitere Absichten beiderseits. 2007 allerdings wurde die Beziehung dann doch ernster. Ich fühlte mich menschlich wieder «Zuhause», öffnete mich, fand und fasste Vertrauen und sah die Welt wieder farbig. Amelie schrieb neben ihrer Arbeit im Hotel Laudinella und später beim «Engadin Festival» ihre Doktorarbeit in Kunstgeschichte an der Universität Tübingen. Ich lernte ihre Familie kennen, damit auch ihre Heimat Konstanz und die Bodenseeregion.
Die von Platens sind ein altes preussisches Adelsgeschlecht von der Insel Rügen in der deutschen Ostsee. Der Name war mir von August Graf von Platen bekannt, dessen langes Epos «Das Grab im Busento» wir an der Kantonsschule Chur im Deutschunterricht auswendig lernen mussten. Sein Zeitgenosse und Verwandter Baltzar von Platen war schwedischer Admiral und hat Anfang des 19. Jahrhunderts den Bau des Göta-Kanals zwischen Göteborg und Stockholm realisiert.
Im März 2011 heirateten wir im Schnee auf der Diavolezza – dem Himmel nah – fast 3000 m ü. M. (Abb. 26). Das Glück ist zurück!

Diese Gemütsverfassung und Konstellation halfen mir auch, die stillose Abfertigung im Kurverein einigermassen unbeschadet wegzustecken und nach der Frühpensionierung sofort in der Privatwirtschaft Fuss zu fassen.

Rückblick auf 30 Jahre

Code 6

Die 30 Jahre als Kurdirektor von St. Moritz waren eine sehr intensive und gute Zeit. Und ich würde das Meiste noch einmal so machen. Erst mit den Jahren habe ich gemerkt, was für ein Potenzial in diesem Job und in dem Namen St. Moritz steckt. Als mir das einmal klar war, gab es kein Halten mehr. Und wenn kein Geld da war, fand ich entsprechende Partner. Am wichtigsten ist, dass man Ziele hat und sie anpackt.

Es gab aber auch Pleiten, Pech und Pannen. Das gehört zum Geschäft. Auf jede erfolgreiche Innovation kam mindestens ein Flop, wenn nicht mehr. Neuerungen fanden in allen Abteilungen statt: Bekannt geworden sind vor allem jene in den Bereichen Angebot und Kommunikation: der erste Windsurf-Marathon in den Alpen 1978, die erste Skischule für Blinde und Sehgeschädigte 1981, der Relaunch von «Glacier und Bernina Express» in den Jahren 1982 und 1984, das erste Poloturnier 1985 sowie das erste Cricket-Turnier 1989 auf Schnee und sogar auf einem gefrorenen See, der «Palm Express» von St. Moritz nach Lugano 1986.

Immense Wirkung brachten uns der erste geschützte Ortsname 1985 und der Schutz des Markensignets zwei Jahre später. Neue Anlässe, die zum Teil bis heute bestehen, kamen dazu: die ersten Snowboard-Weltmeisterschaften in Europa 1987, erstes Bobrun-Skating 1991, die ersten Polo-Europa-

und -Weltmeisterschaften in den Alpen 1993 und 1995, erstes British Classic Car Meeting, der erste Inline-Marathon Europas 1996, die erste Durchführung des Musikfestivals «Snow & Symphony» 1998, der erste «Design Summit» im Suvretta House 2000, der Lizenzvertrag mit Rätia Energie und der Marke «Pure Power St. Moritz» 1999 sowie als direkte Folge davon das erste Gesamtenergiekonzept «Clean Energy» St. Moritz 2002 und die Kürung als erste Energiestadt über 1800 m ü. M. Die Alpinen Ski-Weltmeisterschaften 2003 brachten einen enormen Aufschwung ins Tal. Lanciert wurde in ihrem Sog auch die «AlpenAkademie» für Bildungstourismus 2004. Im gleichen Jahr eröffneten wir die «St. Moritz Design Gallery». 2007 wurde der erste St. Moritz-Art-Masters-Event durchgeführt und die «Venedig-St. Moritz-Tour» lanciert, 2008 folgte das erste «Festival da Jazz» von Christian Jott Jenny und Rolf Sachs in dessen Dracula Club. Alle aufgeführten Projekte habe ich gezielt unterstützt und medial begleitet, bei einigen habe ich einen wichtigen Beitrag zu ihrer Realisierung geleistet. Einzelne sind aus meiner Initiative heraus entstanden.

Die Flops ergeben eine mindestens so lange Liste. Dazu gehören zum Beispiel der «Engadin Express», den wir zusammen mit der Rhätischen Bahn zwischen Wien und St. Moritz aufbauen wollten. Das «Ethno Festival» hat sich leider auch nicht etabliert. Bei den Einheimischen kam es gut an, lockte jedoch zu wenige Gäste an und erfüllte damit seinen Zweck nicht. Oder der «Moritz-Tag», zu dem am 22. September, dem Namenstag von Moritz, nie mehr als 60 Mauritii ins

Engadin reisten – Namensträger mit ihrer Begleitung. Andere Anlässe hatten zwar Erfolg, verloren aber mit den Jahren Teilnehmer, Publikum und Aktualität, wie etwa der spektakuläre «Engadin Inline-Marathon», die Windhunderennen auf dem gefrorenen See, die Schlittenhunderennen und andere Events.

Ohne Risiko kein Spass und keine Innovation! Das Positive dieser drei Jahrzehnte überwiegt bei Weitem. Tiefe menschliche Enttäuschungen hat es nur zwei gegeben: die Scheidung von meiner ersten Frau und die Trennung vom Kurverein. Die waren allerdings happig und gingen an die Substanz. Sie haben aber auch die Spreu vom Weizen getrennt. Und dank des «Weizens», dieser grossartigen Menschen und Mitstreiter um mich herum, konnte ich das intensive Leben in und für St. Moritz überhaupt so lange auskosten.
Der besondere Dank gilt meiner Familie, meinen Mitarbeitern, Freunden, Nachbarn und Geschäftspartnern!

Ein spezieller Dank gilt allen meinen Freunden und Bekannten der Medienwelt. Ohne sie wäre die Marke St. Moritz mit so wenig Mitteln nie so stark und dominant geworden. Zwei Namen möchte ich, stellvertretend für ihre Berufskollegen, speziell erwähnen, weil sie St. Moritz und mir wahrend Jahrzehnten immer wieder mit Rat und Tat zur Seite gestanden sind: Gian Andreossi (†2012) und Karl Wild, beide exzellente Medienprofis und Bündner aus Passion. Beide haben nicht nur über St. Moritz berichtet, sondern stets auch ihre eigenen Ideen und Impulse zu St. Moritz eingebracht – und mich aufgefordert, die «ganze Geschichte einmal aufzuschreiben», da sie sonst vergessen werde. Das habe ich nun gemacht.

Wenn St. Moritz seit einigen Jahren praktisch «unter Ausschluss der Öffentlichkeit stattfindet», schwächt das seine Marke in fataler Weise. Sie verliert Bekanntheit, Vertrautheit und Relevanz. Agile Mitbewerber warten nur darauf, solche Schwächen auszunützen und forsch nachzurücken: Andermatt Swiss Alps, Arosa Lenzerheide, Davos Klosters, Jungfrau Region, Zermatt Matterhorn, um nur einge zu nennen. Es gibt ein Angebot aber nur, wenn es bekannt und begehrt bleibt. Wie das geht, zeigen die Titel und Schlagzeilen, die ich in einer kleinen Auswahl zusammengestellt habe. Sie haben die Marke St. Moritz nicht nur bekannter gemacht, sondern auch inhaltlich geprägt und letztlich für ihr messerscharfes Profil gesorgt, das sie von allen Mitbewerbern unterscheidet. Dies alles geschah nicht in Form käuflicher Inserate, Spots und anderer Werbung, sondern glaubwürdig im redaktionellen Teil kritischer Berichterstattung! Voraussetzung dafür war das Vertrauen zwischen St. Moritz und den Medien (Abb. 21, 22).

Code 7

Auch meinen Berufskollegen dies- und jenseits des Juliers gilt der Dank. Mit einem von ihnen, Schimun Murk, ehemaliger Kurdirektor von Lenzerheide, verbindet mich eine lange

Freundschaft, die alle «Ups and Downs» unserer beiden Laufbahnen und Lebenswege überdauert hat. Auch wenn wir uns nur selten sehen: Wenn Not am Mann ist, kann ich auf Schimun zählen!

Teil III

Die Zeit danach

Code 8

Der 31. Oktober 2008 war mein letzter Tag als Kurdirektor. Tags darauf eröffnete ich in St. Moritz ein Repräsentanzbüro der Deutschen Bank. Das hört sich locker an, war aber für alle und insbesondere auch für mich eine grosse Überraschung. Wie ist es dazu gekommen? Während meines letzten Jahres beim Kurverein setzte ich mich intensiv mit der Frage meiner beruflichen Zukunft auseinander. Ich war damals 61 Jahre alt, frisch verliebt, gesund und hatte einen guten Ruf. Ein Leben als Frührentner oder Hausmann kam für mich nicht infrage, permanente Ferien und Freizeit schon gar nicht. Meine Freunde empfahlen mir, eine Firma zu gründen und meine CEO-Erfahrung als Berater weiterzugeben.

Dazu und für die Ablösung vom Kurverein brauchte ich einen Juristen, dem ich voll vertrauen konnte. Ich fand ihn in der Person von Gian Lüthi im Nachbardorf. Er hat mir nicht nur die nötigen Verträge aufgesetzt, sondern stets auch Klartext mit mir gesprochen, wenn meine Gutgläubigkeit überhandnahm. Gian bereitete mich als Coach und Freund auf den harschen Wind der Selbstständigkeit vor. Wenn ich heute eine gewisse finanzielle Unabhängigkeit geniesse, verdanke ich dies nicht zuletzt Gian Lüthi in Samedan.

Jungunternehmer mit 61 Jahren

Bereits im Winter 2007/2008 kontaktierten mich zwei bekannte Schweizer Privatbanken bezüglich einer möglichen Zusammenarbeit im Anschluss an mein Engagement für St. Moritz. Ich war sehr überrascht, hatte ich doch keine Ahnung vom Bankgeschäft. Ich war stets der Kommunikator und Marketingmann gewesen, der die Kennzahlen zwar im Griff hatte, deren Details aber dem Finanzchef überliess. Parallel zu diesen Vorgesprächen bereitete ich die Gründung zweier Firmen vor, eine für die Aufträge «ad personam», die andere für Aufträge, bei denen ich personell auf Unterstützung der St. Moritzer Werbeagentur «Spot» zählen konnte. Meine Partner waren der Geschäftsführer von Spot, Werner Pircher, und mein ehemaliger Pressechef im Kurverein, Fabrizio D'Aloisio, nun ebenfalls bei Spot. Beide Firmen nahmen die Arbeit Ende 2008 auf. Kernangebot war Beratung in Strategie, Kommunikation und Netzwerk. Im Januar 2011 gingen beide Unternehmen in die Danuser von Platen GmbH über, dich ich seither mit meiner Frau führe.

Der Anruf von Joe Ackermann

Mitten in diesen Vorbereitungen erhielt ich einen Anruf von Josef «Joe» Ackermann, Deutschlands Starbanker und langjähriger Chef der Deutschen Bank. Wir waren sieben Jahre zusammen an der Kantonsschule in Chur gewesen, trafen uns später an der Hochschule St. Gallen wieder und hatten auch danach immer wieder mal Kontakt. «Ich habe gehört, dass du im Herbst in Pension gehst und Konkurrenzbanken dich für ein Engagement kontaktiert haben. Wir wollten schon lange was in St. Moritz machen und möchten dich dort als Leiter eines Repräsentanzbüros einstellen.»

Ich war baff und erinnerte ihn an meine schlechten Mathe- und Physiknoten in der Schule. «Banker haben wir genug. Mich interessiert nicht dein Gefühl für Zahlen, sondern dein Flair für Menschen. Ich will dein Netzwerk, Banking ist auch eine Beziehungskiste!», gab Joe mir zur Antwort.

So erhielt ich die Stelle als Direktor des neuen Büros in Teilzeit, das wir in den gediegenen Räumlichkeiten des Anlageberaters Edmondo Costa am St. Moritzer Schulhausplatz einrichten konnten. Begleitet hat mich dorthin Mona Bucher, die bereits im Kurverein meine Assistentin war.

Auch wenn ich in den folgenden dreieinhalb Jahren bis zum offiziellen Pensionsalter kein Banker wurde und meine Performance nicht den erhofften Schub brachte, war die Zeit bei der Deutschen Bank faszinierend und wertvoll. Dass sie gerade mitten in die weltweite Finanz- und Bankenkrise fiel, erschwerte meine Tätigkeit erheblich. Jedermann war damals derart verunsichert und alarmiert von den täglichen Schreckensmeldungen aus New York, London und Frankfurt, dass kaum jemand sein Geld gerade zu diesem Zeitpunkt dem ehemaligen Kurdirektor anvertraut hätte.

Dazu kam die ganze Steuerfrage, die bislang ein wichtiges Argument für unsere Kunden und Gäste aus Deutschland war. Konzept und Struktur unseres nationalen Hauptsitzes in Zürich wurden laufend angepasst – alle paar Monate hatten wir neue Vorgesetzte, alles war im Fluss und Umbruch. Dass die Deutsche Bank mit ihren über 100 000 Mitarbeitern in über 70 Ländern die Krise schlussendlich besser überstand als viele Mitbewerber, spricht für die Substanz des Hauses und ihren Chef. Ich war stolz, dabei zu sein, wenn auch nur als Zaungast.

Neben dem Bankgeschäft nahm ich verschiedene Mandate an, seit Jahren bereits als Verwaltungsrat der Venzi + Paganini AG, einer Perle von mittelständischem Unternehmen im Früchte- und Gemüsehandel. Auch als Strategieberater von Hotelleriesuisse Ascona/Locarno, Davos Klosters Tourismus, Samih Sawiris und seinem Grossprojekt «Swiss Alps» in Andermatt und anderen Organisationen war und bin ich gefragt.
2010 erhielt ich von der Eidgenössischen Technischen Hochschule (ETH) Zürich einen Lehrauftrag in Markenmanagement für Schweizer und internationale Nachdiplom-Studenten, den ich seither mit Stolz und Freude wahrnehme.
Viele Referate und Podiumsdiskussionen über die Markenthematik halten mich auf diesem Gebiet zusätzlich auf Trab.

Die «GranTour» zwischen Venedig, St. Moritz und dem Matterhorn

Neben all diesen neuen Verpflichtungen und Mandaten konnte ich das Tourismusgeschäft nicht einfach sein lassen. Dank der neuen Vinschgerbahn und der direkten Postautoverbindung zwischen Mals und Zernez konnten wir 2008 die Venedig-St. Moritz-Tour lancieren und so sechs (heute sieben) UNESCO-Welterben miteinander verbinden – mit öffentlichen Verkehrsmitteln notabene!

Als 2008 die Strecke der Rhätischen Bahn über Albula und Bernina das UNESCO-Welterbe-Label erhielt, konzipierte ich die «GranTour» (Abb. 25). Sie verbindet die 15 UNESCO-Welterben zwischen Venedig, St. Moritz und dem Matterhorn mit den berühmten Panoramastrecken des öffentlichen Verkehrs – Glacier, Bernina, Palm Express – zu attraktiven, umweltfreundlichen Angeboten für Kultur- und Bildungstouristen aus aller Welt.

Die «GranTour» verschafft den Schweizer Grenzkantonen Graubünden, Tessin und Wallis sowie dem Südtirol Zugang zu einem jährlichen Gästepotenzial von 25 bis 30 Millionen internationalen Touristen zwischen Mailand und Venedig. Dazu kommen 2015 die erwarteten 20 Millionen Besucher der Weltausstellung in Mailand.

Dank der drei Weltmarken Venedig, St. Moritz und Matterhorn sowie dem UNESCO-Label ist die «GranTour» auch in Übersee leicht zu vermarkten. Was die Olympischen Spiele für den Sport sind, bedeutet UNESCO für Kultur und Natur:

ein weltweit bekanntes und anerkanntes Gütesiegel, dessen Träger zur globalen Champions League des Kultur- und Bildungstourismus gehören. Die Qualität und Dichte der 15 Welterbe-Stätten der «GranTour» ist einmalig. Ihre Vernetzung mit Eisenbahn und Postauto ist einzigartig und innovativ – «slow travel at its best», was gerade den rasch wachsenden Markt der «Best Agers 50+» anspricht.
Da die «GranTour» zu viel hergibt für eine einmalige Reise, kann sie auch in Etappen und von verschiedenen Ausgangspunkten erlebt werden. Wer alle 15 UNESCO-Stätten der Tour besucht und im «GranTour-Booklet» gestempelt hat, erhält von seinem Tour-Operator die exklusive «GranTour-Urkunde» zur Erinnerung.

Für die Entwicklung solcher neuen Angebote und innovativer Tourismusprojekte im Inland gibt es in der Schweiz den «Innotour»-Fonds. Grenzüberschreitende Projekte, insbesondere des Verkehrs, werden mit Interreg-Geldern vonseiten der Europäischen Union und der Schweiz gefördert. Ich kannte die Verantwortlichen dieser Stellen, und sie bestätigten mir das Potenzial meiner «GranTour-Idee». Die Aussichten auf entsprechende Beiträge waren gut, und mein Projekt erfüllte die geforderten Voraussetzungen.
Gemäss Norbert Walter, Chefökonom der Deutschen Bank, wird die Wirtschaftskrise den Reisetrend «näher, kürzer, öfter und sicherer» beschleunigen (NZZ, 20.3.2009). Für Graubünden kann das eine grosse Chance sein. Die UNESCO-«GranTour» zwischen Venedig, St. Moritz und

dem Matterhorn ist ein Beispiel dafür. Die Transportangebote und die 15 UNESCO-Stätten sind da, funktionieren und bedürfen keiner zusätzlichen Investitionen. Was es braucht, ist ihre Vernetzung und gezielte Bündelung zu verkaufbaren Kultur- und Bildungsangeboten sowie der Aufbau der «GranTour» zu einer bekannten und begehrten Marke.

Nach allen Vorbereitungen und Abklärungen benötigte ich allerdings noch einen offiziellen Leistungsträger, der das Projekt einreichte und auch seinen Anteil zur Realisierung beitragen wollte. Weder die Destination Engadin St. Moritz, noch Graubünden Ferien und die Rhätische Bahn waren interessiert.
Also versuchte ich es beim Innovationsfonds des Kantons Graubünden und erhielt zweimal eine Absage. Die Argumentation des Stiftungsrats, schriftlich wie mündlich, lässt sich kurz zusammenfassen: Das funktioniert nie! Graubünden soll investieren und Italien kann profitieren! Der Danuser hatte in St. Moritz keinen schönen Abgang und soll jetzt nicht noch Kantonsgelder kriegen!
Damit war das Thema «GranTour» für mich vom Tisch – eine weitere verpasste Gelegenheit des Kantons, aus günstigen Konstellationen touristisches Kapital zu schlagen.
Denn die «GranTour» eignete sich perfekt dazu, einen Teil der etwa 30 Millionen internationalen Touristen, die sich jedes Jahr zwischen Venedig und Mailand bewegen, also vor den Toren Graubündens, zu uns zu bringen. Eines ist klar: Wenn wir damals die Projekte «Glacier Express», Polo auf

Schnee, Markenschutz und dergleichen mit Machbarkeitsstudien, exaktem Dienstweg und politischer Opportunität hätten realisieren wollen, wären diese Projekte in der Schublade gelandet. Der Bündner Tourismus ist eine Art Nullsummenspiel, das in seinen Abläufen und Blockaden echte Innovationen abwürgt und die reichlich vorhandenen Mittel nur politisch genehmen und mehrheitsfähigen Projekten zuteilt. Und solche schaffen in der Regel keinen Durchbruch im Markt.

Natürlich braucht es vorsichtige Bedenkenträger in den Entscheidungsgremien, schliesslich geht es um öffentliche Gelder! Wenn aber vor lauter Vorsicht überhaupt nichts mehr gewagt wird, landen wir bei Mittelmässigkeit statt Innovation und Markterfolg.

Alphörner statt Hellebarden!

Etwa vier Jahre später, im Frühling 2014, ein Jahr vor der Eröffnung der Weltausstellung, spielte das Alphorn-Ensemble Engiadina St. Moritz in Mailand zum Bündner «Giro del Gusto» auf. Dessen Projektleiter ist auch für die Bündner Präsenz an der Expo 2015 verantwortlich und erwähnte mir gegenüber die Schwierigkeiten, zusammen mit seinen Kollegen aus dem Wallis, Tessin und Uri gemeinsam Projekte zu finden, die nachhaltig über die Weltausstellung 2015 hinaus wirken und die Wirtschaft der vier potenzialarmen Kantone

befruchten könnten. Das erinnerte mich an meine «Gran-Tour», und ich unterbreitete ihm folgenden Vorschlag:
Die Schweiz nutzt die beiden Ereignisjahre 2015 (Expo Mailand, 500 Jahre Schlacht bei Marignano) und 2016 (Eröffnung Gotthard-Basistunnel) zur Lancierung der «Gran-Tour», eines einzigartigen, grenzüberschreitenden Tourismusangebots in den Bereichen Kultur, Natur und öffentlicher Verkehr mit grossem und nachhaltigem Potenzial auf den Weltmärkten.
Und betreffend Mailand schilderte ich ihm eine gute Möglichkeit, wie sich die Gotthard-Kantone und die Schweiz ohne grossen Aufwand sehr wirksam und authentisch in Szene setzen könnten. Im September 2015 ist es 500 Jahre her, seit die Eidgenossen in Marignano bei Mailand gegen die Franzosen eine kapitale Niederlage erlitten haben. Das war eine schwerwiegende Zäsur in der Entwicklung und Geschichte der alten Eidgenossenschaft. Für viele gilt die Schlacht als konkreter Auslöser der Schweizer Neutralität, die Niklaus von der Flüe seinen Landsleuten einige Jahre zuvor ans Herz gelegt hatte.
Heute ist unsere Neutralität im Zusammenhang mit der EU wieder in aller Munde. Die Schweizer Geschichte wird in diesen Jahren aktuell weitergeschrieben! Da die Schweiz heute an vielen «Fronten» unter Beschuss ist (Masseneinwanderung, Steuerflucht, Rohstoffhandel, Fluglärm, Rosinenpicker etc.), sollte sie keine Gelegenheit verpassen, me-dienwirksam auch auf ihre positiven Eigenschaften hinzuweisen, die letztlich weit überwiegen.

Das Marignano-Jubiläum ist eine solche Gelegenheit. Vor allem auch, weil in Mailand nächstes Jahr, erstmals seit über 100 Jahren, wieder eine Weltausstellung stattfindet. Erwartet werden um die 20 Millionen Besucher aus der ganzen Welt, direkt vor den Toren der Schweiz!

Ich schlage vor, diese einmalige Plattform zu nutzen und unter dem Motto «Alphörner statt Hellebarden» in Mailand mit 500 Alphörnern aufzutreten, symbolisch ein Horn pro vergangenes Jahr seit der Schlacht. Unser Nationalinstrument ist perfekt dafür geeignet, weil es einzigartig, unverwechselbar und echt ist, wie eine starke Marke. Die Bläserinnen und Bläser des Eidgenössischen Jodlerverbandes sind apart in Trachten gekleidet, diszipliniert im Auftritt und stark im Ton.

Im Jahr 2013 haben sie mit über 500 Hörnern auf dem gut 3300 m ü. M. gelegenen Gornergrat gezeigt, wie perfekt ihnen auch Grossauftritte gelingen. Es könnte die Hauptprobe für Mailand gewesen sein.

Der Ausflug nach Mailand und zwei Konzerte sind von der Schweiz aus an einem Tag machbar: ein Konzert zentral im Expo-Gelände, das andere auf dem Platz vor dem Mailänder Dom. Und die ganze Weltpresse würde über den spektakulären Auftritt der friedlichen Schweizer berichten, mehr als über jedes Rockkonzert, weil 500 Alphörner zusammen so ganz anders und speziell sind. Und ihre Botschaft so positiv: neutral und trotzdem offen, Kultur statt Kommerz, Musik statt Waffen! Das schafft Aufmerksamkeit, Interesse, Sympathie und Goodwill für die Schweiz, nach aussen und innen.

Ich hoffe sehr, dass wir diese Gelegenheit nicht verschlafen und die üblichen Bedenkenträger für einmal beherzt mitziehen!

Diesen Vorschlag besprach ich auch mit Schweiz Tourismus in Zürich. Nachdem dieser bei unserem Treffen spontan sehr positiv aufgenommen wurde, erhielt ich einige Wochen später folgende Absage: «Wir haben deine Idee der 500 Alphörner anlässlich der Expo 2015 umfassend geprüft. So sehr die Idee begeistert, so sehr musste ich anlässlich der Prüfung der Realisierungschancen, im Speziellen der Platzgenehmigung in Milano für die Piazza del Duomo, feststellen, dass diese sehr gering bis unwahrscheinlich einzustufen sind. Des Weiteren ist der Umsetzungsaufwand hoch und unsere Projektlage in 2015 schon arg strapaziert. Schweren Herzens muss ich dir daher mitteilen, dass wir das Projekt nicht weiterverfolgen werden.»
Als Kurdirektor hätte ich seinerzeit einfach vier Telefonate getätigt: zuerst mit Karin Niederberger, Präsidentin des Eidgenössischen Jodlerverbandes in Chur; dann mit Christian Durisch, dem bewährten Organisator von grossen Jodler-, Schwing- und Älplerfesten; mit Andreas Zenhäusern bei der Matterhorn Gotthard Bahn, der in den letzten Jahren einmal etwa 350 und dann sogar über 500 Alphornbläser auf den Gornergrat organisiert hatte; schlussendlich mit Walter Finkbohner, dem Schweizer Eisenbahnexperten und Netzwerker in Italien, der mit den Diplomaten die Platzgenehmigung vor dem Mailänder Dom bewerkstelligen kann. Der

Generaldirektor der Expo 2015 ist Stammgast von St. Moritz und würde den Alphornbläsern auf seinem Gelände sicher einen zentralen Platz zur Verfügung stellen. Allfällige Sponsoren für die Verpflegung der 500 Bläser hätte ich dann rasch gefunden. Schliesslich geht es um 500 Jahre Schweizer Nationalität, eine der Hauptsäulen des Erfolgs der Schweiz als Nation und Wirtschaftsstandort.
Wenige Wochen nach meinem Gespräch mit Schweiz Tourismus lancierte diese eine «Grand Tour of Switzerland» für «Selbstfahrer, die auf einer Tour die schönsten Sights innerhalb der Schweizer Grenze erleben wollen». Jetzt verstand ich das seltsame Verhalten und die Absage des Verantwortlichen mir gegenüber etwas besser. Und mir kam das chinesische Sprichwort in den Sinn: «Wenn der Wind des Wandels weht, bauen die einen Schutzmauern, die anderen Windmühlen.»

Schade um die «GranTour» zwischen Venedig, St. Moritz und dem Matterhorn. Sie hätte alles gehabt, was die vier Gotthard-Kantone in den nächsten Jahren dringend brauchen werden.
Natürlich kann auch ich nicht garantieren, dass die «GranTour» wirklich ein durschlagender Erfolg geworden wäre – wer kann das schon bei einer Innovation! Aber exakt für solche Fälle gibt es ja die erwähnten kantonalen, nationalen und internationalen Innovationsfonds, die über die Mittel verfügen und oft darüber klagen, dass aus dem Tourismus zu wenig substanzielle Projektvorschläge eingehen. Ich finde es

schade, dass dieses Geld nicht abgeholt und für ein Projekt wie die «GranTour» eingesetzt wird. Gut fünf Jahre wurden jetzt verschlafen, ohne dass ein geeignetes anderes Projekt dieser Art angepackt wurde.

Danuser von Platen – Zeitzeichen

Code 9

«Was genau ist ein Blog?», fragte ich Amelie im Sommer 2010. Der Chefredakteur der «Südostschweiz», David Sieber, hatte mich angefragt, auf der neuen Internetseite der Zeitung regelmässig einen Blog zu aktuellen Themen zu schreiben. Wir schlugen ihm vor, den Blog abwechselnd zu zweit zu schreiben, also aus unterschiedlichen Perspektiven: Frau – Mann, zwei Generationen, zwei Nationen, zwei Laufbahnen. Weder die Redaktion noch wir konnten damals sagen, wie das Experiment vom Publikum aufgenommen würde.

Nach 200 Wochen und entsprechend 200 Blogbeiträgen gelten wir heute bereits als «Ur-Blogger» auf der Internet-Plattform suedostschweiz.ch und knackten im Juli 2014 als Erste die 1-Million-Leser-Marke (Abb. 27). Damit war auch klar, dass wir die Serie fortsetzen, zumal uns das Schreiben und das vorgängige Diskutieren über die diversen Themen Spass macht. Jede zweite Woche einen Beitrag zu verfassen, ist für mich auch ungleich lockerer als damals dreimal wöchentlich eine Kolumne und dies über 25 Jahre hinweg! Die Blog-

themen ergeben sich aus unseren Tätigkeiten und beruflichen Schwerpunkten, aber auch dank der vielen Reisen.
Nach unserer Hochzeit 2011 verbrachten wir drei faszinierende Honeymoon-Monate im Westen der USA und Kanadas, wo wir im Wohnmobil gegen 20 Nationalparks besuchten. Zweimal trafen wir dabei Claudio Bernasconi und seine Franziska vom Hotel Waldhaus am See, die gleichzeitig eine ganz ähnliche Tour machten.
Seither haben wir viele Reisen in Europa unternommen, von Schweden bis in den tiefsten Süden Italiens, von Portugal bis nach Griechenland.

Unsere Firma – klein und fein

Code 10

Ebenfalls 2011 führten wir meine beiden Unternehmen in eine Familienfirma zusammen: die Danuser von Platen GmbH. Sie bietet massgeschneiderte Beratungsleistungen auf dem Gebiet unserer Kernkompetenzen: Strategie, Netzwerk und Kultur. Die Arbeitsteilung fällt dabei leicht. Amelie ist Kunsthistorikerin und Kulturmanagerin mit gutem Leistungsausweis und praktischer Erfahrung in St. Moritz, Verona und Bregenz. Ich meinerseits bringe meine langejährige CEO-Erfahrung im Tourismus und Markenmanagement sowie mein internationales Kontaktnetz ein, das ich in St. Moritz und auf meinen zahllosen Geschäftsreisen auf der ganzen Welt geknüpft habe.

Dank Computer und Internet bewältigen wir das ganze Auftragspensum zu zweit, vergeben allerdings auch Teilaufträge ausser Haus, wenn unsere Kapazität nicht ausreicht.
Wir arbeiten täglich Hand in Hand, und das funktioniert sehr gut. Natürlich bin ich im Auftrag meiner Mandanten oft auch unterwegs für Referate, Podiumsgespräche und persönliche Beratungen.
Das Oberengadin ist uns dabei wunderschöner Lebensmittelpunkt und liegt geografisch zentral in unserem beruflichen und privaten Netzwerk.

Mit 66 Jahren …

Code 11

Am Tagesablauf hat sich für mich seit der Zeit im Kurverein wenig verändert: Der Radiowecker kurz nach halb sechs ist weiterhin in Betrieb, und meine bewährten Gymnastikübungen gehören wie früher zum Tagespensum. Danach eine wohltuende Dusche, im Sommerhalbjahr jeweils draussen auf der Terrasse, Frühstück nach Art der «Körnlipicker» mit vielen Früchten. Dann geht es los in unserem Homeoffice mit der Post, die heute fast nur noch auf dem Computer ein- und ausgeht, sowie Telefonaten mit Kontakten auf der ganzen Welt. Auch das tägliche Alphornblasen gehört weiterhin dazu, nur Tageszeit und Probeort haben sich geändert. Statt morgens um sieben Uhr im Keller des Kurvereins, übe ich heute im

Hühnerstall neben der Chesa Bernhard. Das Alphorn-Ensemble trifft sich wöchentlich zur Probe im Hotel Laudinella, dessen Direktor, Felix Schlatter, uns stets unterstützt hat.

Seit einigen Jahren beobachte und pflege ich 15 junge Arven-, Lärchen- und Tannenbäumchen am Gegenhang unseres Hauses, direkt im Blickfeld vom Küchentisch aus. Das hört sich trivial an, ist im Ablauf der vier Jahreszeiten auf fast 1900 m ü. M. aber absolut faszinierend. Gerade in einem Winter wie 2013/14, in dem in St. Moritz über sieben Meter Schnee gefallen sind, ist es ein Wunder, dass die filigranen Pflanzen überleben, im Frühling wieder ausschlagen und während des kurzen Sommers 20 Zentimeter und mehr wachsen können.
Durch dieses neue, etwas verspielte Hobby habe ich den benachbarten Gebirgswald erst richtig kennen und schätzen gelernt. Das mag an meinen Genen liegen. Alle meine Vorfahren väterlicherseits hatten mit Holz zu tun, als Zimmermann, Förster und wie mein Vater als Gründer einer Baumschule. Mein ältester Sohn Marco setzt diese Familientradition als Schreiner fort. Ich bin beruflich ausgeschert, Kurdirektor geworden und kompensiere dies jetzt in meiner Freizeit mit dieser kleinen «Baumschule» oberhalb der Chesa Bernhard. Und am Comersee pflege ich seit drei Jahrzehnten ungefähr 50 Palmen. Ich hoffe, dass meine Vorfahren mir so den Abstecher nachsehen.

«Mit 66 Jahren, da fängt das Leben an.
Mit 66 Jahren, da hat man Spass daran.
Mit 66 Jahren, da kommt man erst in Schuss.
Mit 66 Jahren, ist noch lange nicht Schluss.»
Udo Jürgens

Dank

Ein solches Buch schreibt man nicht alleine. In meinem Fall schon gar nicht. Mein erstes und bislang einziges Buch schrieb ich vor 40 Jahren – meine Doktorarbeit über die Airhostess. Seither produzierte ich primäre «Kurzfutter» in Form von Kolumnen und Konzepten sowie hin und wieder einen Beitrag in einem Fachbuch über Marketing, Branding oder St. Moritz. Aber im Bücherschreiben habe ich keine Übung.

Entsprechend dankbar bin ich allen, die mir bei dem vorliegenden Buch geholfen haben. Zuerst natürlich Amelie, meiner Frau, die den Text nicht nur aus meiner Handschrift entziffert und transkribiert, sondern auch als Erste korrigiert, «zensiert» und bereinigt hat. Ohne ihren enormen Einsatz gäbe es das Buch nicht. Vielen Dank, Schatz!

Entscheidend war auch der Besuch von meinem Freund und Verleger Hanspeter Lebrument im Januar dieses Jahres bei uns in St. Moritz. Ich zeigte ihm meine gut 80 Bundesordner, in denen ich Dokumente von 1963 bis heute gesammelt habe. Er erkannte sofort die Chance, damit ein Buch zum Jubiläum «150 Jahre alpiner Wintertourismus» zu machen. Für mich hiess das allerdings, sofort mit dem Schreiben zu beginnen.

Ralf Seelig und Eva Zopfi vom Somedia Buchverlag begleiteten und betreuten die Entstehung des Buches von Anfang an mit Kompetenz und persönlichem Engagement.

Dem ägyptischen Unternehmer und Tourismuspionier Samih Sawiris verdanke ich das äussert liebenswürdige Vorwort. Ich verfolge die Entwicklung seines Andermatt-Projekts mit grossem Interesse und wünsche ihm und seinem Team allen Erfolg dabei!

Sehr verbunden für ihre Korrekturen und Anregungen bin ich meinen Lektoren: Dario Morandi, seit bald 40 Jahren die tragende Säule der Inlandredaktion der «Südostschweiz» und früher der «Neuen Bündner Zeitung» in Chur; Fabrizio D'Aloisio, Master of Storytelling und ehemaliger Pressechef des Kurvereins St. Moritz; Heini Hofmann, Wissenschaftspublizist und ehemaliger Zoo- und Zirkustierarzt; Uwe Martens, erfolgreicher Unternehmer in München, Buchautor sowie Mitglied des Happy-Few-Lunch-Tischs im Hotel Waldhaus am See; Clarissa von Platen, Journalistin und ehemalige Medienberaterin von Graf Lennart und Gräfin Sonja Bernadotte auf der Blumeninsel Mainau. Sie alle haben sich perfekt ergänzt und dem Text den letzten Schliff gegeben.

Geholfen haben mir aber auch die historischen Experten vor Ort in St. Moritz und Felsberg: Corina Huber, Leiterin der grossartigen Dokumentationsbibliothek St. Moritz; Martin Berthod, Direktor St. Moritz Tourismus, Sports and Events, zuvor gut 25 Jahre mein Stellvertreter im Kurverein St. Moritz; Alfred Schneller, Dorfchronist von Felsberg, und meine Schwester Ruth Grassi-Danuser, Mitglied des Felsberger Bürgerrats.

Code 12

Abschliessend danke ich Hanspeter Achtnich von der Buchhandlung Wega in St. Moritz für seine Tipps zur Buchgestaltung. Er empfiehlt weitere St. Moritz-Bücher, die das vorliegende Buch ergänzen.

QR-Codes

Was beim Lesen dieses Buchs sofort ins Auge springt, sind die quadratischen Pixelzeichen im Text und in einzelnen Bildern. Das sind sogenannte QR-Codes (englisch für «Quick Response», «schnelle Antwort»). Mit dem Smartphone können Sie den jeweiligen Code einlesen und gelangen so direkt auf die hinterlegte Internetseite. Wenn Sie kein Smartphone haben, geben Sie einfach die angegebene Internetadresse bei Ihrem Webbrowser ein.

Damit wird das Buch für Sie farbig und attraktiv. Zum Beispiel können Sie nach dem Lesen des Vorworts von Samih Sawiris via QR-Code den im Text erwähnten amüsanten Kurzfilm sehen, den das Schweizer Fernsehen 2007 gedreht hat.

Die folgende Auflistung dient Ihnen zur Orientierung, welche Inhalte sich jeweils hinter den Codes verbergen.

Aufgefallen ist Ihnen sicher auch das Wappen auf den einzelnen Zeichen. Es zeigt die Wappentiere der alten preussischen Familie von Platen, die von der Ostseeinsel Rügen stammt. Dargestellt sind die zwei Meereskatzen, die Sie auch im Logo unserer Familienfirma Danuser von Platen GmbH finden.

Code 1

Hier kommen Sie zum Somedia Buchverlag.

http://somedia-buchverlag.ch/9783906064307/buchsomedia.htm

Code 2

SRF, Glanz und Gloria:
Grosser Unternehmer, 29.9.2007.

http://somedia-buchverlag.ch/9783906064307/video/video01.html

Code 3

Entwicklung der Ankünfte/Besuche pro Saison in St. Moritz von 1920 bis 2009.

http://somedia-buchverlag.ch/9783906064307/statistik.htm

Code 4

Graphologische Analyse des Schriftzugs St. Moritz.

http://somedia-buchverlag.ch/9783906064307/pdf/graphologisches_gutachten.pdf

Code 5

Hier finden Sie Karikaturen und Kommentare zu Hans Peter Danuser.

http://somedia-buchverlag.ch/9783906064307/karikaturen.htm

Code 6

SRF, Der Reporter: Hans Peter Danuser – der letzte Kurdirektor von St. Moritz, 13.2.2008.

http://somedia-buchverlag.ch/9783906064307/video/video002.html

Code 7

Auswahl von Titeln und Schlagzeilen zu St. Moritz und Hans Peter Danuser zwischen 1978 und 2014.

http://somedia-buchverlag.ch/9783906064307/schlagzeilen.htm

Code 8

SRF, Schweiz aktuell: Bilanz Hans Peter Danuser, 28.11.2008.

http://somedia-buchverlag.ch/9783906064307/video/video003.html

Code 9

Hier geht es zum Blog «Danuser von Platen – Zeitzeichen».

http://www.suedostschweiz.ch/community/blogs/danuser-von-platen-—-zeitzeichen

Code 10

Hier geht es zur Website der Danuser von Platen GmbH für Strategie, Netzwerk und Kultur.

http://www.danuservonplaten.com

Code 11

3Sat, Berg und Geist: Ein filmisches Porträt von Hans Peter Danuser, 10.12.2012.

http://somedia-buchverlag.ch/9783906064307/video/video04.html

Code 12

Hier finden Sie Buchempfehlungen zu St. Moritz.

http://somedia-buchverlag.ch/9783906064307/buchempfehlung.htm

Code 13

Hier hören Sie das Alphorn-Ensemble Engiadina St. Moritz.

http://www.danuservonplaten.com/hans-peter-danuser-von-platen/alphorn.html

Code 14

Die «SonntagsZeitung» hat Hans Peter Danuser als einen Kopf des Jahrhunderts porträtiert, 28.11.1999.

http://somedia-buchverlag.ch/9783906064307/sonntagszeitung.htm

Code 15

«Die Südostschweiz» berichtet über eine Million Leser des Blogs «Danuser von Platen – Zeitzeichen», 1.7.2014

http://www.suedostschweiz.ch/community/blogseine-millionen-blog-leser-und-ein-buch

Bildnachweise

Arno Balzarini/Igis, 13; Hartmut Bühler, 22; Rolf Canal/Samedan, 28; Gian-Carlo Cattaneo/St. Moritz, 26; Romy Danuser/Valbella, 1; Dokumentationsbibliothek St. Moritz, 7, 9; Helmut Eberhöfer/Hall im Tirol, 11; C. Farner, 21; Ismael Geissberger/St. Moritz, 20; Kur- und Verkehrsverein St. Moritz, 15; Thomas Meier/Singapur, 17; Andy Mettler/Davos, 8; Amelie-Claire von Platen/St. Moritz, 19; Hans Plattner/St. Moritz, 14; Privates Bildarchiv Hans Peter Danuser von Platen/St. Moritz, 2, 3, 4, 10, 16, 18; Hugo Ivo Rütimann/Samedan/Losdorf, 27; Sinus/Brugg, 12; Erik Süsskind/Chur, 25.

Filmnachweise

SRF 2007–2012: SRF, Glanz und Gloria/Grosser Unternehmer, 29.9.2007; SRF, Der Reporter/Hans Peter Danuser – der letzte Kurdirektor von St. Moritz, 13.2.2008; SRF, Schweiz aktuell/Bilanz Hans Peter Danuser, 28.11.2008; 3 Sat, Berg und Geist/Ein filmisches Porträt von Hans Peter Danuser, 10.12.2012.

Abb. 1: Hans Peter Danuser 1963 als Gruppenleiter der Pfadfinder von Felsberg

Abb. 2: Per Anhalter unterwegs im Kanton Wallis im Sommer 1966

Abb. 3: Bataillonskommandant Major Danuser begrüsst seine Truppe, 1987

Abb. 4: Als Hilfsdachdecker 1967 in Davos

St. Moritz

sucht infolge Demission des bisherigen Stellenhinhabers einen

Kurdirektor

Verlangt werden:
- Persönlichkeit
- gute Allgemeinbildung
- Sprachenkenntnisse
- Management- und Marketingkenntnisse und -erfahrung
- PR- und Werbeerfahrung
- Kontaktfähigkeit und Kontaktfreude
- publizistische Eignung
- Bereitschaft, sich mit den neuesten Entwicklungen im Fremdenverkehr sowie im Kur- und Badewesen auseinanderzusetzen

Geboten wird:

eine den Fähigkeiten angepasste Besoldung mit den üblichen Sozialleistungen

Eintritt nach Vereinbarung

Bewerbungen, versehen mit den üblichen Unterlagen, Leistungsausweisen usw. sind bis zum **31. Januar 1978** an den

Kur- und Verkehrsverein,
zuhanden des Präsidenten Herrn M. Märky,
7500 St. Moritz
zu richten.

Abb. 5: Stelleninserat für den neuen St. Moritzer Kurdirektor in der «Neuen Zürcher Zeitung» (NZZ), Dezember 1977

Tourismusorganisation Engadin St. Moritz

Gelegenheit für eine unternehmerische und erfahrene Persönlichkeit, durch die massive Stärkung des Ertragspfeilers Tourismus einen wichtigen volkswirtschaftlichen Beitrag für die Region Oberengadin zu leisten.

Die neugeschaffene Tourismusorganisation Engadin St. Moritz nimmt im Frühjahr 2007 ihre Arbeit auf. Als starke Angebots- und Vermarktungsorganisation ist ihr Zweck der weltweite Verkauf der Destination Engadin St. Moritz, wobei eine besondere Aufmerksamkeit den Stammmärkten Schweiz, Deutschland und Italien zu kommt.

Zur Führung der Destination als Marketingorganisation sind auf Stufe Geschäftsleitung folgende Stellen zu besetzen:

Geschäftsführer / Marketingleiter in Personalunion (m/w)
Verkaufsleiter (m/w)

Das Profil des idealen Kandidaten:

- Ca. 35 bis 45 Jahre.
- Ausbildung auf Stufe Universität oder Fachhochschule im Bereich Wirtschaft oder Tourismus oder gleichwertige Ausbildung (und gute betriebswirtschaftliche Kenntnisse).
- Erfahrung in der Führung von Mitarbeitern, für die Position als CEO in der Leitung eines Unternehmens oder einer Einheit.
- Mehrere Jahre Tätigkeit im internationalen Verkauf mit nachweisbarem Erfolg in einem oder mehreren der folgenden Wirtschaftszweige: Reisebüro (incoming), Hotelkette, Airline, Bahnen oder ähnliches.
- Sprachen: Deutsch, Englisch und Italienisch. Französisch sowie weitere Sprachen von Vorteil.

Sie sind eine integre, gefestigte und gewinnende Persönlichkeit mit natürlicher Autorität und Durchsetzungskraft, welche mit hoher Motivation ihre Mitarbeiter durch ihr Vorbild und eindeutige Ziele begeistert. Ihre Kreativität, Ausdauer und Innovationsfähigkeit verbunden mit unternehmerischem Denken und Umsetzungsorientierung bringen nachhaltigen Erfolg.

Interessiert? Dann sollten wir uns kennen lernen. Bitte senden Sie Ihren aussagefähigen Lebenslauf mit dem Beschrieb Ihrer wichtigsten Stationen und Erfahrungen per e-mail an eveline.schlegel@rosenfeld-consulting.ch.

DR. ROSENFELD CONSULTING
CONSULTANTS IN EXECUTIVE SEARCH ▪ COACHING

Brandschenkestr. 178 ▪ CH-8002 Zürich/Switzerland ▪ Telefon +41 (0)43 344 9272 ▪ Fax +41 (0)43 344 9271
www.rosenfeld-consulting.ch ▪ email: info@rosenfeld-consulting.ch

Abb. 6: Stelleninserat für den Geschäftsführer der neuen Tourismusorganisation Engadin St. Moritz in der «Neuen Zürcher Zeitung» (NZZ), 6./7.1.2007

Abb. 7: Plakat für St. Moritz von W. F. Burger, 1912

Abb. 8: «Playground in Paradise»: St. Moritz und die Oberengadiner Seenlandschaft im Winter 2008

Abb. 9: Heidiland-Plakat mit Blick von Muottas Muragl auf St. Moritz und die Oberengadiner Seen, 1978

Abb. 10: Die drei Kurdirektoren von St. Moritz von 1929 bis 2008 vor der Chesa Veglia, 1980er Jahre
V. l. n. r.: Dr. Hans Peter Danuser, Dr. Walter Amstutz, Peter Kasper

Abb. 11: Unterwegs für die erste Skischule für Blinde und Sehgeschädigte, 1980er Jahre
V. l. n. r.: Dr. Hans Peter Danuser, Ferdy Kübler, Giovanni Trivella

Abb. 12, 13: «Mister St. Moritz» in den 1980er Jahren

Abb. 14: Sesseltausch der Verkehrsdirektoren von St. Moritz und Luzern: Hans Peter Danuser mit Kurt H. Illi im Bob-Schlitten vor der Gunther-Sachs-Lodge, Februar 1985

St. Moritz®

TOP OF THE WORLD

Abb. 15: Das St. Moritzer Markensignet von 1987 bis 2008

Abb. 16: Walter Amstutz mit 88 Jahren nach seinem Tandemflug mit dem Deltasegler von der Corviglia auf den gefrorenen St. Moritzersee: «Der Flug meines Lebens», 1991

Code 13

Abb. 17: Das Alphorn-Ensemble Engiadina St. Moritz auf dem Dach des Swissôtel «The Stamford» in Singapur, 1998

Abb. 18: Der St. Moritzer Kurdirektor on Tour – von 1982 bis 2008 nie ohne Alphorn

Abb. 19: Die Söhne Marco und Gian Carlo Danuser auf Schlittenhundefahrt am Berninapass, 2009

Abb. 20: Hans Peter Danuser bei der Lancierung der Venedig-St. Moritz-Tour, 2007

Code 14

Abb. 21: Hans Peter Danuser als ein «Schweizer Kopf des Jahrhunderts» in der «Sonntags-Zeitung», 28.11.1999, gemalt von C. Farner.

Abb. 22: Die Marke «St. Moritz» als Titelstory der führenden deutschen Zeitschrift für Marketing im Februar 2007

St. Moritz

Neues vom Kurverein

In eigener Sache

Der St. Moritzer Kurverein wird demnächst 120 Jahre alt und hat über 20 Angestellte. Trotzdem wissem viele St. Moritzer nur wenig oder gar nichts über diese Institution. Einige meinen, der Kurverein sei ein Teil der Gemeindeverwaltung – und können sich daher gar nicht vorstellen, wie der Verein da finanzielle Probleme haben soll –; andere glauben, es gäbe da einen Kurdirektor mit einigen Wegmachern für die Wanderwege – kurz: Die 'Aussenwelt' ist über den St. Moritzer Kurverein oft besser im Bilde als die Einheimischen. Dabei stehen wichtige Entscheide und Abstimmungen bevor, die für den Kurverein und die Bevölkerung von St. Moritz von erklecklicher Bedeutung sind! Um die Informationslücke zu schliessen, werden wir an dieser Stelle ab heute in jeder Engadiner Post über «Neues aus dem Kurverein» berichten: Amüsantes, Trauriges, Aktuelles, Lustiges – ganz wie die Dinge eben gerade liegen. Jedenfalls sollten uns dann mit der Zeit alle St. Moritzer als das kennen, was wir sind: Ein Verein mit eigenen Statuten und 337 Mitgliedern, der zwar von der Gemeinde gestützt wird, von dieser jedoch rechtlich und personell unabhängig ist. Der Kurverein hat den Parterre- und Kellerabteil der Chesa Cumünela seit 1948 gemietet und zahlt der Gemeinde neuerdings jährlich Fr. 70 000.– Miete.

Abb. 23: Erste Ausgabe von «Neues vom Kurverein» in der «Engadiner Post», 22.11.1983

Abb. 24: Nach 25 Jahren: Danusers letzte Kolumne «Neues vom Kurverein» in der «Engadiner Post», 3.1.2009

Neues vom Kurverein

St. Moritz®

TOP OF THE WORLD

Die Letzte

Das ist meine letzte Kolumne zu «Neues vom Kurverein» in der «Engadiner Post» nach gut einem Vierteljahrhundert, drei Mal die Woche, auf der zweiten Seite oben rechts. Ich verabschiede mich von Leserinnen und Lesern, danke für die Treue und Nachsicht, die einzelne Kolumnen durchaus brauchten. Mal waren sie gut, mal weniger, gelegentlich auch daneben. Insgesamt haben sie ihren Zweck aber durchaus erfüllt: einen regelmässigen direkten Kontakt zwischen KVV und Einheimischen/Mitarbeitern/Bürgern … herzustellen. Weniger als 10% der Leser einer gut gemachten Regionalzeitung lesen erfahrungsgemäss längere Artikel zu Ende. Die meisten konzentrieren sich auf die Titel, Bilder, Legenden und eben vertraute Kolumnen. Nicht von ungefähr heisst die erfolgreichste Zeitung der Schweiz «20 Minuten». Journalistisches «Kurzfutter» ist gefragt, der Trend wird von Fernsehen und Internet gedeckt.

Ich danke abschliessend der Redaktion und dem Verlag der «Engadiner Post» dafür, dass sie dem Kurverein so lange Gastrecht gewährt haben.

(HPD/8001-2009)

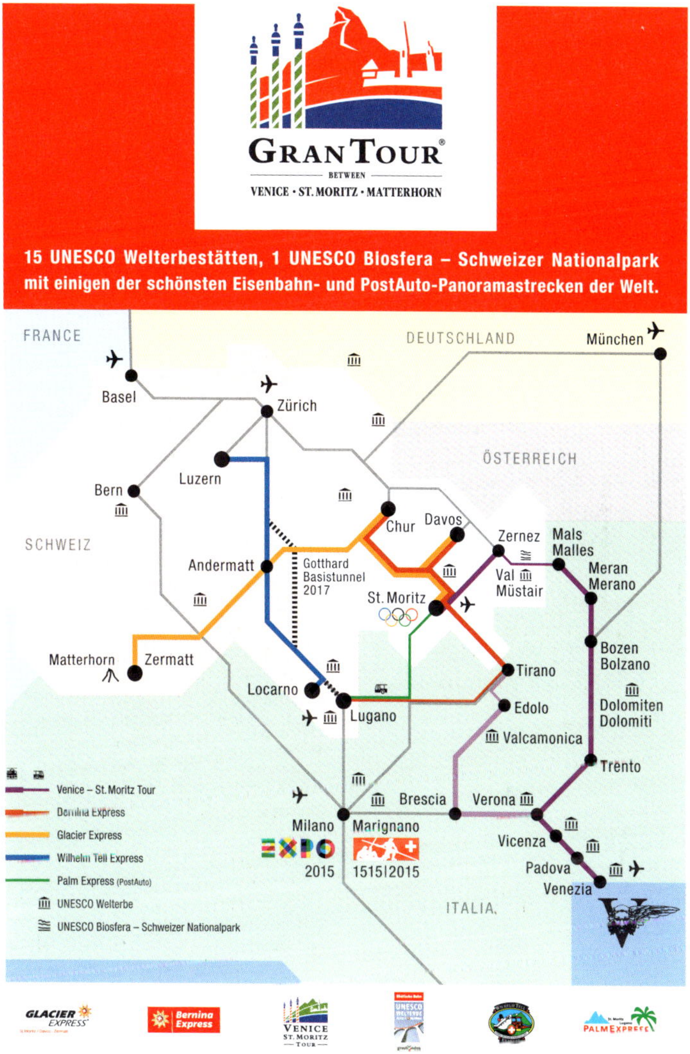

Abb. 25. Die «GranTour» zwischen Venedig, St. Moritz und dem Matterhorn, 2009/2014

Code 15

Abb: 26: Hochzeit von Hans Peter Danuser und Amelie-Claire von Platen auf Diavolezza, März 2011

Abb: 27: 1 Million Leser des Blogs «Danuser von Platen – Zeitzeichen» auf suedostschweiz.ch, Juli 2014